悠久の詩―行軍　100号

悠久の詩―従者　50号

ショールをまとう従者
50号

悠久の詩　50号

悠久の折り　　50号

悠久の祈り　10号

馬上の従者　50号

陽画会展に出品
左　従者 50号　　右　悠久の詩 100号

家族写真　ただ今子育て中

バレエ公演
眠れる森の美女　王妃役

夢の途上　4号

新たな家族 グリニッジ公園

無垢な背中　10号

パスキンを想いながら
50号

歌声ゴリ：チャリティ―絵画展

ピエトロガラ　30号

悠久の詩 遥かなる旅

山本なぎさ

序　悠久の詩ーボロブドゥール遺跡との出会い

ある日、図書館の写真集から崩れかけた石仏の写真を見つけた。

口絵に使われていたのは楽士たちのレリーフである。ページをめくると何枚も何枚もあるではないか。

インドネシアの仏教遺跡ボロブドゥール。

東インド会社の命を受け、ジャワ島のジャングル探検隊が発見した石片を数十年かけて復活させた。アンコールワットより数百年も古い遺跡が世界遺産となったボロブドゥール遺跡である。

この石仏の壁画は、釈迦の一生を物語にしたもので、百数十枚もあった。

風化して崩れてしまってはいるが、一枚一枚のレリーフがとても人間的で心惹かれるものがあった。その中の一枚、楽士たちの姿は比較的形がはっきりと残っていたのである。

これを皮切りに私はボロブドゥール遺跡の絵をテーマに描き続けている。

目　次

序　悠久の詩―ボロブドゥール遺跡との出会い　15
Ⅰ　慌ただしい結婚
旅立ちは大学食堂の結婚式から　一九七五年のこと　16
Ⅱ　東京湾に浮かぶ私達の幸せ　23
1．三十六回目の結婚記念日はお台場で　二〇一一年のこと　24
2．息子も慌ただしい結婚　29
3．プレゼントに支えられた私達の幸福物語　35
4．犬も食わないけんか　41
5．義父のお蔭　46
Ⅲ　子はかすがい　一姫二太郎の子育て　49

目次

1．バレリーナの夢をかなえた長女　50
（1）親離れ子離れのひと夏　57
（2）バレエ教師からプロのバレリーナへ　59
2．放蕩息子は世界を歩く男に　65
（1）サラリーマンにはなれないだろう　72
（2）弁当を作ってくれる息子　75
3．我が家の最終ランナー　二男は希望の星　81
（1）子育ては北風と太陽　82
（2）息子達には「男の道」を教えて　84
4．祖父の応援　89

Ⅳ　朝ドラのような父母の人生　91
1．『要作申（さる）と福卯（うさぎ）』　92
（1）幼なじみの二人　93

目次

（2）二人の再会　97
2．水上・湯檜曽・大穴での暮らし　98
（1）ドクトル石川　100
（2）自然に学べ　101
（3）豪雪地帯湯桧曽の思い出　102
（4）廃校舎での暮らし　105
（5）大穴スキー場　107
3．父一番の仕事「だるまの詩」　108
4．母の人生は自己犠牲の人生　113

V

私達の遥かなる旅　117
1．私達の遥かなる旅　ハワイ編　118
2．四十数年後も旅する私達　121
3．ベトナム戦争の傷跡とベトナムの戦後復興　123
4．バルセロナ礼讃　127

（1）サグラダファミリア教会の内部　130
（2）グエル公園　131
（3）フラメンコ―スパニッシュの精神性に触れて　132

Ⅵ　それからの出来事も波瀾万丈　二〇二〇年　133
1．振り付け指導の才能が開花した　134
2．コロナで飛ばなかった飛行機　137
3．震災は二男の進路を変えた　139
4．退職後の生活をどう過ごすか　141

Ⅶ　悠久の詩
Aneverlastingpoem―悠久の詩　143
1．インドネシアの旅　144
（1）大みそかは大騒ぎのニョピ　そして静かな新年　145
（2）朝日を浴びるツアー　146

目次

2．「悠久の詩」で描く世界　147
（1）「悠久の詩」は震災に遭われた東北の皆様を励ます絵に　148
（2）明暗の無限性を追求　149
（3）従者たちを描く　152
（4）偽・愛の語らい　153
（6）新構造ネット展　優秀賞「悠久の楽士」100号　154
3．展覧会を通して学んでいること　155
（1）陽画会（毛内逸夫会長　講師松澤茂雄先生）　155
（2）「悠久の詩」シリーズの作成　157
（3）二度の個展　二〇一〇、二〇一五年　158
4．恩師松澤茂雄先生のご指導を受けて　160
5．絵のHPができた　163
（1）歌声ライブハウスゴリでチャリティー絵画展　163
（2）可愛い美容室に飾っていただいた絵　166

目次

Ⅷ　自分探しの旅　167
1. 小学校から短大へ　168
2. 合格電報は赤い鶴の封筒に　173
3. 「でもしか先生」にでもなるしかないか　174
4. 研究心の芽生え　177
5. 自分のやりたかったことは何か？　179
6. 節目の年にコロナ禍が　二〇二〇年　181
7. 長男の結婚式　二〇二一年　183

Ⅸ　絵本にしたい孫との話　185
ザリ君の目はビー玉
―ぼくとばあばのザリガニつり―

あとがき　221

I

慌ただしい結婚

旅立ちは大学食堂の結婚式から

一九七五年のこと

四十数年前、二才年下で私と同じく大学生だった弟が結婚祝いに贈ってくれた鍋敷きが今もある。そこには、傘を差した画家の米倉斉加年と鍋一つを持った妻の絵が描かれていた。俳優でもあった米倉自身の

「貧しい門出でも二人で切り開いていく人生を」

という願いを託したようなシンプルな絵だった。

全く私達の慌ただしい門出にいかにもふさわしい鍋敷きの絵だった。

「三ヶ月ですね。」

大学四年生の一月、卒論を提出したその足で学生街にある産婦人科を訪ねた。医師の落ち着いた言葉に心の中で頷きながら、彼の元に向かった。

「正直言って、今年の赤ちゃんは、ちょっと・・」

と困惑している彼と、後先考えずに結婚したいと願った私との間には、埋まらない溝があった。

思わず耳を疑った。それは、毎晩、私の下宿を訪ねてきて否定的な話を繰り返す彼に、しぶしぶ同意しようとしたある朝のことだった。思いがけず、彼の口から出た真逆の言葉。決意を固めた彼の顔は、心なしかすっきりとしていたような気がした。

「一緒に育てよう。」

それからふた月後、私達の結婚式は、一年前に建てたばかりの大学生協の大きな食堂だった。何でも歴代の大学生協職員は、職場である生協の建物で式を挙げてきたのだという。

先輩方の例に倣って、しかし、今までの簡易的なプレ

ハブの店舗に比べ、広々とした大きなガラス窓から明るい光がこぼれる真新しい鉄筋コンクリートの白い食堂で挙式できるなんて。就職して一年目の彼と卒業直前の学生である私にとっては、なんとも贅沢な門出であった。

そして、周りの人たちを呆れさせたであろう、怖いもの知らずの私達―正直に言うと私と本意ではなかった彼の―結婚式は、三月二十三日、全国に仲間が散らばってしまう卒業式の前日、どさくさまぎれの式だった。

校内で出会う友人たちが急きょ実行委員会を立ち上げてくれ、突貫工事で式の準備を進めてくれたのだった。だから親しい友人でもたまたまその時期に校内で出会わなかった人たちには、お知らせが遅れ、後で

「聞いてないよう。」

ということになった。申し訳ないことだった。

仲間たちの手作りの結婚式は、素敵だった。

美術科の学生が立て看板いっぱいに描いてくれた鳥たちの羽ばたき。入口には三角屋根の可愛い案内板、壁には、金色の毛筆で「寿」の文字が飾られていた。

そして、風船やダッコちゃん人形があちこちに飾られていた。クラシック通の先輩が選びに選んでくれた荘厳な入場曲、食堂のコック長が作ってくれたメインのオードブルは、水辺に鴨たちが憩う情景を表現した芸術作品だった。食パンで作った橋やゼリーの水面から見える魚たちなどには、驚きを禁じ得なかった。

寄せ書きを綴じた文集の題名には、「遥かなる旅」とあった。夫の職場の文学好きな青年が、この訳あり結婚のために名付けてくれたものだった。

そして、私達は、奇しくも、いや、曲がりなりにも、その後とにかく三十年以上もの遥かな旅を続けてきたのだ。ちょっぴり短かった恋人の時代、三人の子育てを夢中で過ごしたパパママの時代、そして、いつのまにか、元気な孫たちから「じいじとばあば」と呼ばれることを認めざるを得ない時代になってしまった。

母が文集に書いてくれた言葉、「人生は山あり谷あり」―当時は、自分の人生にそんなにたくさんのことが起きようとは夢にも思わなかった。

四年間の学生生活の中で、そしていろいろな友だちと付き合う中で、自分で選んだ彼だった。自分で母になりたいとも思った。卒業論文で、婦人解放運動を取り上げ、「命を生み出す母親は命を守ることを望みます」

という婦人運動のスローガンに共感していた。だから、小さな花びらを宿していると知った時には、自分も仲間になれたような、なんだかうれしい気持ちが広がっていった。

「ＣＡＮ　ＹＯＵ　ＣＥＬＥＢＲＡＴＥ？」を歌った二十歳の女の子が結婚会見で幼い笑顔を見せていた時、自分のことと重なって思えた。彼女は、まもなく別れてしまったが、私にもその可能性は、十分すぎる程あった。

いくつもの諍いを乗り越えて今がある。ぶつかり合う度に、少しずつ互いに譲歩し、歩み寄ってきた。

しかし、相手の考えていること、取った行為の意味など、自分とは違うなと感じることが度々ある。多分、自分以外の人とは永遠に分かり合えないということなのかも知れない。

今でも私の中でまだ消化できないでいる出来事もある。

夫にそんなことをふると、たった一年前のことでも
「そんな昔のこと。」

と、すまし顔でとぼける。

以前は、それが憎たらしくて、時々、意地悪を言ってみたくてたまらない時があった。

　ある時は、

「ママに叱られちゃったよな。」

と、照れ笑いしながらぽつんと言ったこともあった。

　しかし、私ばかりでなく、何も語ろうとしない彼自身も十分に傷ついていることが痛いほど感じられ、また、時の流れに癒されてか、今ではそんな気持ちも失せてしまった。

　男は忘れることで前進するしかないのだと思う。いや、忘れた風を装うことで進むしかないのだ。

　いつか米国大統領のセオドア・ルーズベルトの妻の言葉として伝えられていた
「許すことはできるが忘れることはできない」

―この静謐な感情が、女の気持ちを代表している気がする。

　私の中の谷底は、もう過ぎたことではあるが、決して忘れることはできない。いつまでも粘着質な波状となって甦ってくるのである。それは、人を責めるというよりもそうさせてしまった自分への反省、自戒の気持ちの方が大きいのだが。何も語りたがらない相手への恨みがましい気持ちも払拭できないのだ。たとえ何年経っても。

Ⅱ　東京湾に浮かぶ私達の幸せ

1. 三十六回目の結婚記念日はお台場で

二〇一一年のこと

東北大震災のあった二〇一一年の三月二十三日、大変な被害のあった中、私たちは、三十六回目の結婚記念日をお台場のホテルのベランダで過ごした。東京湾の淡い銀色の景色を展望できる場所である。

夫も彼なりに記念日の過ごし方を考えていたようで、

「ミュージカルのチケットが取れなかったよ。」

と残念そうにもらしていた。

情報紙で見つけたホテルのランチ特集を見せながら深夜帰宅した夫に相談すると、

「ここがいいなあ。」

と選んだのは、昨年、二男の結婚式場の候補のひとつだったお台場のホテルである。説明会を時間の都合でキャンセルしてしまったホテルだったからである。

結婚記念日のデートは、知り合いの画家の展覧会を観てから、そのホテルでお昼にしようと考えが一致した。

実はこの間、デートの度に私がさまざまな失敗をするので、彼はうんざりしている。時間や約束に神経質な彼は、今回もまた何か起こるのではないかと予感していたようだ。見事的中！やはり、起こってしまった。

というのも新橋駅に着いた時、もしやと思って招待券を確認すると、東郷青児美術館は新橋ではなく新宿であった。

かなり待たせた後、むっとして足早になる彼を黙って追いかけながら、やっと美術館に着くと、今度は

「地震のため臨時休業」

の張り紙が―。往復一時間のロスとなってしまった。

「ちゃんと確認しておかなくちゃ。」

むっとした顔で段取りの悪さを指摘され、私も言い訳をした。

ホテルに電話をしたら

「通常通りやっていますよ。」

と当たり前のように言われ、すっかり安心してしまったのだ。

しかし、美術館は別である。そういえば自分が出品している市美術館の市民展だって、今回の地震のために作品の額が落ちて中止になってしまったことを思い出した。
「火に油を注ぐようなもの。もうこれ以上の言い訳はやめよう。」
しばらくの沈黙の後、呆れはてた彼が機嫌を取り直したとわかったのは、新橋からお台場に向かうゆりかもめの窓から見える東京湾の景色を眺めながら説明してくれている時だった。この景色の中に私たちの最近の幸福が凝縮されていたのだ。

昨年、二〇一〇年は、私達の家族史にとって、最も記念碑となる年になった。それは、今までの生活を大きく舵取りしたもの、満を持して実現したもの、そして、サプライズな出来事といろいろあったからだった。

私の新しい職場となった有明の大学、二男の結婚式を挙げた竹橋のホテル、息子たちからのプレゼントである最高級ホテルへの宿泊、築地市場や浜離宮周辺の散策、クリスマスの夜の東京湾クルーズ、再び五つ星ホテルでのディナー会食など、自前ではきっと、いや絶対に実現しなかったであろう。そして、今までの生活では味わうことのできない幸福感に満たされた特別な出来事がこの東京湾の周辺で起こったからだった。

夫は、電車好きな少年のように、ゆりかもめの進行に合わせて姿を変えていくホテル群や周りの景色を解説しながら、目を輝かせていた。地図の読めない女の代表選手である私は、夫の説明を聞きながらも多分、未だに正確には理解できていないと思う。どれも似たような銀色のホテル群をちんぷんかんぷんのまま、眺めるばかりだった。

予約したホテルは、お台場にある結婚式場だった。もしかしたら、ここで息子たちが式を挙げていたかも知れないと思うと何か特別な感慨があった。多分、夫もそうであったろう。

ランチとは言え、高級感のある美しいテーブルクロスの上で、ゆったりと運ばれるお洒落な中華料理を楽しみながら、私達の「遥かなる旅」について二人で心行くまで振り返った。

最近、東京によく出かけてくる。以前は、田舎者のせいか、人の多さと忙しなさに東京を嫌っていた。快速に乗れば一時間もかからない地方都市に住みながらも、年に数回の美術展と娘が踊るバレエ公演を観に来る程度であった。が、年とともに銀座やお台場方面に来ることが多くなってきた。

特に昨年は、三月に三十数年勤めた職場をちょっぴり早期退職し、四月から念願の大学講師となった。その職場が有明となり、毎週、東京湾の景色を見ながら京葉線やりんかい線に乗るようになった。授業の準備で教材が多いときには、自宅からどきどきしながら自家用車で通うこともあったが。

そして、六月には娘のバレエスタジオを開設する予定で、また九月には、私の油絵の初個展を開く予定で、退職金の行方は決まっていた。

そんな中、二男の結婚式は、降って沸いたような突然の出来事で、しかも急を要した。本人たちは、仙台で暮らす大学院の博士課程の学生同士、彼女の実家は神戸だという。しかし、息子から今まで女友だちがいるということを詳しく聞いたことはなかった。彼の研究室の教授である私の弟から

「最近、いつも一緒にいる娘がいるよ。みんな冷や冷やしながら見守っている。」

と聞いたことがあった。

横浜での大学四年間、また、つくばでの修士課程の二年間もそれらしきことを聞いたことがなかったので、それはいいことと暢気に構えていた。

本音を言うと、母親にとっては、息子は恋人。口にはできないが、できるだけ、他の女性には渡したくないし、その日が少しでも遅い方がいいと願う気持ちも否めなかった。

しかし、弟の「冷や冷や」は、現実となってしまった。

2. 息子も慌ただしい結婚

四月後半の金曜日に息子から電話があり、

「お父さんに代わって。」

と言った。こんなことは、初めてだった。

「ママには言えないことなのか。」

ちょっとむっとした気持ちで、二人の会話をそれとなく聞いていると、夫がこちらをちらちら見ながら話している。

その表情から事態を察した。

「まだ学生じゃないか。」

という言葉を呑み込んで、二人とも

「かえるの子はかえる？」

「自分たちのことを棚に上げて説教はできないな。」

というような気持ちだった。しかし、息子の選んだ人であれば、もろ手を挙げて応援せざるを得ないという点では二人とも一致していた。

「ところで、あなたは結婚したいの？」

いつか息子に聞いたことがあった。

息子は、ちょっと驚いたような顔で、

「えっ、何で。まあ、人並みに。」

と澄まして答えたことがあった。

姉の結婚式の後だったような気がする。経済的な準備もあるので、

「じゃあ、なるべくゆっくりね。」

と釘を刺しておいたつもりだったが。

息子からの二度目の電話は、

「明日の土曜日に二人で神戸へ向かう。彼女のお父さんは、火曜日から仕事でエジプトへ行くから、その前に一度電話で話をしてほしい。」

なんというタイトなスケジュールだろう。

しかし、夫は深夜の帰宅である。仕方なく私が受話器を握った。相手方のこともまったくわかっていないが、息子の真剣な気持ちを応援したいということを精一杯伝えるために。

そして、この電話一本で話はトントン拍子に進んだ。両家とも、きちんとした式を望むという考えが一致し、こちらに任せてくださるというので、神戸と仙台と千葉という三つの地のりを考慮し、羽田空港に近い東京での挙式がよいだろうと考えたのだった。

四年前の長女の結婚式も銀座のホテルで挙げた。その時の感激が甦ってくるようだった。

そして、水曜日、私達二人は、地元の結婚アドバイザーお薦めの三ホテルの結婚式場の見学に向かった。

二人とも午後から仕事があるので、午前中に三ヶ所の見学を予約してもらったのだが、時間的には、二ヶ所が精一杯だった。そして、キャンセルしたのが、このランチをしたホテルだったのだ。

結婚式は、大体一年前から準備するのだそうだが、挙式したホテルは、直前にも関わらず、主賓の来てくださる大安の日がぽっと空いていたのだ。一日二組しか挙式しない素敵な式場がうまく取れたので、私達は、重責を果たした気分だった。

それ以降の準備は、仙台から二人が上京して、ウエディングプランナーのアドバイスを受けながら進めた。

そして、六月の終わりにりっぱに挙式をやり遂げることができた。

どうして、わずか二ヶ月の間に、こんなふうにことがうまく運んだのか、本当に奇跡のような結婚式だった。この間、二人とも研究はストップしてしまったそうだが、たくさんの人に祝福され、勇気をもらえたことだろう。

当初、人付き合いを面倒臭がる二男は、

「結婚式に呼ぶ人がいない。」

などと不甲斐ないことを言っていた。

「探しなさい。」

と一喝した。

いざ、蓋を開けてみたら、挙式と二次会とにたくさんの人が駆けつけてくださった。

人と繋がるということの大切さを身にしみた彼は、なんと披露宴の始めと終わりに二回もスピーチをして、涙を流して感激していた。

運良く、ロンドンに住む長男も二週間の休みを使って帰国し、姉のバレエスタジオオープンのお祝い会と弟の結婚式の両方に参加することができた。彼の撮影してくれたビデオは、宝物となった。

そして、なんと十八本もの虫歯を治療してもらい、風のように戻って行った。うそのような笑い話。

翌年三月、東北地方を襲った大地震の際、彼らは大学の研究棟で被災したが、幸いにも助かった二人と四ヶ月の赤ちゃん、困難にもめげずに生き抜いて、頑張ってほしいと心から願っている。

ランチの後、ティーラウンジに移り、紅茶と桜をイメージした様々なデザートを楽しみながら、私たちは、昨年の思い出話を尽きることなく続けた。

結婚式の料理の試食を兼ねて、神戸から来てくださったお嫁さんのお母さんとの出会い。そして五人で五種類の披露宴料理を試食させていただき、写真に収めた楽しい思い出。エジプトのお父さんには、すぐメールで報告をし、離れていてもそれをあまり感じることがなかった。

しかもホテルの十六周年記念のスペシャルウエディングでラッキーだったことや乾杯の合図で一斉にカーテンが開き、東京湾のパノラマ全景が目に飛び込んでくる仕掛けに驚かされたこと、結婚式で息子夫婦からプレゼントしてもらった東京湾のクルージングを楽しんだことなど、半年前にはまったく想像も付かなかった出会いや出来事があった。

結婚式後もメールを交換しながら、お付き合いしている神戸のお母さんは、本当に心配りができ、プレゼント上手である。いただいたものは、真似して私もお世話になった方々に贈り、喜ばれたこともあった。

個展のお祝いにとそのお母さんからいただいたホテルのアフタヌーン・ティーとディナー券は、最高に嬉しいものだった。

「アフタヌーン・ティーは、二人で行っておいでよ。」

夫の勧めで、バレエ教室を切り盛りしている娘と二人で出かけた。

娘の中学時代の恩師で友人でもある美術教師の個展会場を探したり、人気のお店に入って買い物したりして銀座を楽しんだ後、ホテルに向かった。

高層の窓辺から東京湾の美しい景色をゆったり眺めつつ、色とりどりのプチケーキと紅茶を楽しみながら久方ぶりに母娘二人の刻を過ごすことができた。

3. プレゼントに支えられた私達の幸福物語

十二月には、夫と三回ものデートをした。息子たちからもらった東京湾のクルーズ券、個展のお祝いにいただいたディナー券、そして、ポイントを交換したホテルの宿泊、これらを一度に行使してしまおうと考えたのは、今までの忙しさのせいであったろうか。

しかし、それを三回に分けてゆっくり行使すると本当に豊かな気持ちになることができた。

まず、東京湾のクルージング、息子の結婚式の準備で来た時に、すぐ目の前で船上ウエディングを見た。その船でゆっくり東京湾を航行しながら夕食もいただくサンセットコースは、夕暮れ時の出発でオレンジ色の景色が楽しめる。

建物の間に見え隠れする富士山を探しながら、フランス料理のコースを楽しんでいると、あっという間に夜の帳が降りてくる。イルミネーションに輝くレインボーブリッジの下を航行する時には、船上の人々から歓声が上がっていた。

そして、クリスマスの日も一日、東京で過ごした。恵比寿のガーデン・プレイスに韓国料理店がオープンしたことを夕方の情報番組で知った。

私達は、韓国歴史ドラマのファンである。冬ソナの韓流ブームに乗り遅れること十年以上だが、ここのところ我が家の録画主任である夫が選んだ韓国ドラマを二人で鑑賞している。

初めは、歴史上の人物や俳優の名前が覚えられず、また整形顔が気になって集中できなかったが、最近では随分詳しくなってきた。

ソウルを訪ねて歴史ドラマの中から出てきたような衛視たちを見たこともあった。

恵比寿は、長男の通った服飾の専門学校があるおしゃれな街。私たちも何度か訪れたお気に入りの場所である。経済力が許せば、住みたいくらいである。無理な話ではあるが。地下の料理店は、昨日のＴＶで紹介されたことを知らせる張り紙はあったものの、時間が早かったせいか行列ができるほどではなかった。そこで、韓国料理をいろいろ楽しみたいと三人分も注文してしまったのだった。実は、一月に予定していた韓国旅行を例の砲撃事件の影響でキャンセルしたところだったので、その代わりもあった。

この話をしたら、娘の家族もこの店を訪ね、韓国料理を楽しんだそうだ。

その後、映画を見るために並んだ。こちらの映画館は自由席なのだそうで、たくさんの人が待っていた。こんなに混んでいるのにまもなく閉館してしまうということだった。

東京は、銀座もそうだったが、以前行ったお店が数ヶ月後には閉店するということが多いように感じた。その回転の速さは、どこから来るのだろう。

　人生をテーマにした映画を二本やっていたのでどちらにしようか迷ったが、題名に引かれて見た内容には、少し落胆してしまった。

　そして、夜は、あのホテルに宿泊するのだが、せっかくのホテルなので部屋で過ごす時間をたっぷり取りたいと思った。

　映画を見た後、恵比寿を散歩してワインと夕食の材料を買い、早めにチェックインした。

海外旅行の回数を重ねるに連れ、私達もこのような過ごし方をするようになってきていた。

　それにしても、日本ほど過ごしやすいところはないとつくづく思う。海外で街を歩く時の緊張感、泥棒から身を守るためにリュックやバッグを前にかけて歩く。現地のガイドさんでさえ、盗まれることがあるという。

　また、日本で食べる外国料理のおいしさ、何と言っても日本が一番。つくづくそう感じる。

　たった一泊だったけど、海外のリゾート気分を国内で味わうことができたような満足感に浸ることができた。

そして、次にディナー券で来たのは、二月だった。この日のデートでは、銀座の小さな映画館で「ショパン」を観た。

さすが、ショパン。やや年代の高い層で賑わっていた。隣席に七十代の女性が座っていたので、少し話をした。彼女は、ショパンが恋人のジュルジュ・サンドと過ごしたマヨルカ島に旅行するので、是非、この映画を見たいと朝一番に茨城から来たのだという。

そして、前の回の途中から観ていたので、映画の内容を少しばかり教えてくださった。男装の麗人というイメージが強いジョルジュ・サンドが、この映画では意外にもだめ息子を溺愛する母親として描かれていた。また、息子は母の恋人ショパンに嫉妬し、敵対していた。そんな葛藤がなければ、ショパンは、もう少し生き長らえたのかも知れない。もちろん、病弱なショパンだから、その短くも美しく燃え尽きた人生が後世の人々に愛され続けるのかも知れないが。

とにかく、素敵な人生の先輩にあたる七十代の女性と話ができたことがうれしかった。

七十代の自分の生き方はまったく想像できないが、海外を一人旅する颯爽とした先輩の姿は心に残った。

そして、映画館の近くの和食のお店に入った。夜には結構賑わうお店が格安でランチメニューを出している。地下のお店に入ると、店員さんが丁寧な対応をしてくれ、気持ちよく過ごすことができた。

「やっぱり、『老後は銀座で』（山﨑武也）だね。」

その後、憧れのホテルで、ミシュランの三ツ星シェフの創作中華料理をいただいた。まだ夕暮れたばかりの頃、早めの店内にはお客も少なく、ほの暗く上品な空間に贅沢な幸せを感じた。夫は、こんな時、ちょっとよそ行きの顔やしぐさをする。そして、幸せの杯を重ねる。普段、車の運転があるため、お酒はあまり口にしない私も生ビールを注文した。

なんとなめらかな口当たり。泡のおいしさに驚く。

ソムリエが教えてくれるお酒や食材のあれこれについてのうんちくを楽しく聴きながら、特別に瓶から出したばかりのとっておきの紹興酒をいただいた。最近、酒販の仕事をしている夫は、彼とすっかり意気投合したようだった。スマートなもてなし方を学んだ気がした。

これで、三回の東京湾デートは終了したが、また来たいという思いが湧き上がる。

「もう、海外旅行より日本の外国の方がいいな。」

と言うと、

「まだヨーロッパにもアフリカにも行ってないし、世界遺産も見たいしね。」

と、夫はなんだか元気である。

しかし、これからの経済力を考えると、どんな生活が待っているのか、プレゼントに支えられた私たちの幸福物語は東京湾で一度ピリオドを打つことになりそうだ。

4．犬も食わないけんか

結婚当初は、よく諍いをしていた。夫は、けんかをしても絶対に折れない意固地な性格である。これは、小さい頃からのもので、今でも変わらない。

夫の父が結婚式の文集に書いていたエピソードに、

「小学校の運動会で、隣家のお姉さんが借り物競争で一緒に走ろうと言ってくれたのに頑として走らなかった。」

という件があった。

「父は、家に帰って泣きながら拳骨で殴った。人の親切に応えられない我が子の未来を案じてのことだった。」

というような内容であった。

三十六年たった今でも私たちの会話は、周りの人たちには口論か諍いに映るようで、よく子どもたちにも笑いながら

「けんかをしないで、頼むから。」

と言われた。

三年前、卒論の研究室の恩師と私たちの結婚式の仲人をやってくださった恩師のお二人の教授の「卒寿と米寿を祝う会」があった。私たちの大学生活の中でもっとも尊敬された二人の恩師を慕う仲間たちが全国から集まってきた。

大学から一番近い町に暮らす私達夫婦も勿論実行委員として準備を行った。

その打ち上げの場所を決める話し合いの途中でも、久しぶりに会った友人に

「相変わらずけんかしているね。」

と言われてしまった。意外なことだった。私たちにとっては、ただ話がまとまらなかった

だけなのだが、私の話し方がきついのだろうか。

まったく他人同士が一緒に暮らすということは、ぶつかり合いの連続であると思うのだが、娘夫婦や最近結婚した二男夫婦を見ていると、そうでもない。

十年も付き合って結婚した娘夫婦は、一度もけんかをしたことがないという。確かに二人とも争いを好まない穏やかな性格である。同様に二男夫婦は、笑顔のかわいらしい素敵なお嫁さんのおかげで、争いとはまったく無縁のようだ。いつも二人で、

「どうしようか。」

と相談して物事を決めている姿が微笑ましい。

それに比べたら、私は反省しなければならないことが多々ありそうだ。

結婚して数年目までは、無理やり結婚のせいか、年中激しい口喧嘩をしていた。

「実家に帰らせてもらいます。」

これが、私の常套句だったが、悲しいことに実家のある群馬県まで車を一人で運転することができず、住んでいた団地の周りを数周して、とぼとぼと戻るのが常だった。

ある夜、けんかをして実家に帰ろうと寝ている娘を揺り起こすと、ぱっと起き上がって

「ＹＵちゃんも行く。」

と言った。そのくらい日常化していたのだ。

三年目には、夫が出張の日の朝、初めて離婚の合意を口約束して出かけた。今、思えば気の毒なことをしたと思う。せっかくの沖縄への出張旅行の写真も心なしか笑顔がない。

しかし、いつか、同時期に結婚した大学の先輩に話を聞いたところ、奥さんが離婚届けを三回も書いた。（ちなみに私たちは、まだ一枚も書いたことがない。）家に鍵をかけられて入れなかったので、ご主人は車で寝たこともあった。

また、保育所の同級生の奥さんからは、ご主人を締め出したら、怒った勢いでドアのチェーンロックを壊されたなどという話も聞いた。けんかはどこでもあることなのか、でも他はもっとハードなのだなと驚いてしまったことがある。

学部は違うのだが、同じ年の早生まれ、遅生まれで同じ大学の先輩・後輩にあたる私達は、対等平等の関係にある。特に、曲がりなりにもめざしていた民主的な人間関係は、当

然、家庭生活にも適応される。

大学教授になった友人の男性は、会議の途中でも

「今日は子守りの番だからお先に。」

と言って早退していくことがある。

私は、仕事の途中でも時間になればストップして保育所に迎えに行き、そのまま食事作り、入浴、寝かせるという家事・育児が女の肩だけにのしかかる生活に永遠の不満を持っていた。だから、夫は、そんな私の気持ちをおもんぱかって、できる限りの分担をこなしてきた。保育所の送り迎えの代理、掃除や洗濯、洗い物など、よく協力してくれたと思う。

しかし、共同の子育てにおいて、それは当たり前のことであり、感謝申し上げるようなことではない。私だって得意でもない家事をやっている。そんな傲慢な気持ちがぷんぷん放出していたのではないだろうか。

年齢を重ね、今なら言える

「ありがとう、助かったよ。」

「ご苦労様でした。お疲れ様。」

「お蔭さまで。またお願いします。」

というような人を思う感謝の気持ちが、当時はまったく表現できていなかったのだと思う。

こんな危うい綱渡りのような結婚生活が三十数年も続いたのは、義父のお蔭でもある。

5．義父のお蔭

結婚を決めた報告に、甲府にある夫の家を訪ねた。義父は、その昔、武田勝頼の妻になった諏訪御寮人が嫁入りする時、信濃の国の諏訪から付き添ってきた家来の末裔であるという。自身も生涯、武士の精神で生活していた。褌をつけ、家には飾りを何も付けない。床の間に兜が一つだけ。質実剛健の名残か。

しかし襖には、投げつけたみそ汁の痕跡が残っていた。家族の振る舞いには、かなり厳しかったようだ。会話も
「田舎武士はどうも無調法で済みませぬ。」

などと言っていた。

満州で事業を起こし成功していたが、戦後の引き揚げ時に財産をすべて没収されてしまった。それを取り返すために、引揚者の会の活動を熱心に行っていたが、その席上倒れ、

くも膜下出血で亡くなってしまったのだ。

自分に厳しい人だったので、若い頃は、トンカチで自分の頭を殴って自分を責めていたこともあったという。

細面のインテリな風貌は、三人息子の中で、夫が一番似ていた。

三人とも息子だったので、女の子が欲しかったのだという。私と孫娘の誕生をとても喜んでいたと義母がよく話していた。

結婚式の文集にも「どこかに少女が残る花嫁御陵に贈る」という文を寄せてくれた。


この父にとって、品行方正で勉学に励んだ二男の夫は自慢の息子であったろう。

モテ男だった義兄が夜遊び（？）から帰ると二階の窓を開けてやる係だったという。

親子で写った大学の卒業式の写真を見ると、父親の気持ちがよく伝わってくる。

何でもできた父は、自分が何でも教えると言って、夫は塾やお稽古事は何一つ習っていないのだという。しかし、スキー、スケート、テニスなど何でも上手である。

その上、物事の段取りや後始末などもきちんとしている。

それなのに、結婚して数年後に、夫婦仲がよくないことを度々、息子の嫁から電話で聞かされて、どんなにか心を痛めたであろう。

この義父の入院中も私たちは、諍いを繰り返していた。据えかねた義兄に注意されるほどであった。

義父は、敬老の日に亡くなった。お墓は、本人の希望で諏訪市の侍の子孫がたくさん眠るお寺の桜の木の下にある。

Ⅲ　子はかすがい

一姫二太郎の子育て

私達の結婚生活をつなぎとめた二つ目は、三人の子どもたちの存在である。これは、二人とも一致している。

「子はかすがい」という言葉は、本当にその通りだと思う。

一姫二太郎なんて言葉で祝福された子どもたちは、私達夫婦の宝である。

「よい子・悪い子・普通の子」

などと、よく冗談交じりに言っていたが、本当に三者三様なのである。

この三人の子育てが、この本の一つの柱になるのだが、読者の皆さんにとって面白くまた反面教師として参考にしていただければ幸いである。

1．バレリーナの夢をかなえた長女

大学を卒業した年の夏の終わりに、実家のある群馬県の国立病院で長女を出産した。大変な難産であった。

千葉の病院で逆児であると分かり、逆児体操をして直ったと言われていたのに―。里帰り出産で群馬に戻ったところ、出産一週間前の検診で妊娠中毒症とわかり入院することになった。

医師の内診で、逆児が直っていないということが分かったのは、出産の前日だった。そして、いったん退院した日の夜のこと、内診の影響か、陣痛が始まってしまったのだ。病院に舞い戻ってはみたものの陣痛は微弱で、促進剤の注射を翌朝まで計五本も打たれ続けた。しかし、初産の子宮口はなかなか開かなかった。

自分なりの我慢の限界を感じ、

「切ってください。」

と頼むと、手術の準備に医師たちが退室した。

その隙に分娩室に入ってきた母が、

「いきめ、いきめ。」

と言ったのだ。

その言葉に促されるように、医師たちが戻った時には

「あれ、開いている。」

ということになり、分娩台を逆さまにした出産が始まった。

出てきた赤ちゃんは、白い赤ちゃんだった。

赤いから赤ちゃんだと思っていた。母親学級のビデオで見た出産直後の赤ちゃんは、トマトのように真っ赤だった。でも、私の赤ちゃんは、風呂上りに茹で上がったようなふやけた手指をした血の気のない赤ちゃんだった。

でも、入院中は、おっぱいを求めて、大きな口を震わせて赤みを帯びた顔で元気に泣いていた。乳房が張っても乳の目があかず、なかなか母乳が出なかった。母が熱いタオルと冷たいタオルで交互にマッサージしてくれた。これは、お産よりも痛かったくらいだが、やがて母乳が出るようになった。


母乳というものは、不思議だ。母性の象徴であると思う。娘を寝かせて、自転車を飛ばして買い物に行った時のこと、娘が泣いているのではないかと思った瞬間、両方の乳頭から液がじわっと滲み出てきた。思っただけで出るなんて—。

このことから、わたしの分身である娘への深い思い入れが始まり、それはやがて過干渉・過支配の関係にエスカレートしてしまったように思う。

でも、娘に授乳した時の幸福感は、今でも、多分永遠に忘れられない。

そして、仕事を始めるために六ヵ月後に氷で冷やして母乳を止めた晩の娘の泣き声も耳に残っている。

妊娠していることで、東京都の教員採用を取り消されてしまい家にいたので、その数ヶ月は、娘と二人の時間が多かった。

いつか生まれ変わるとしたら、男か女か、どちらがいいかと聞かれたことがあった。私は、女であることが社会的にハンディであると感じることが多かったので、思わず
「男。」

と答えてしまったのだが、母性を体験できたことでは、決して男は女に敵うまい。

この長女に対して、私は、かなり自分勝手な育て方をしてしまった。申し訳なく思っている。そのことは、娘も十分理解し、今は良好な関係にある。

結婚祝いに二冊もプレゼントされた『スポック博士の育児書』を隅から隅まで読みすぎたせいか、初めての育児にはかなり神経質になってしまった。今なら読まないほうがいい

と勧めたいくらいだ。

支配的に育てられた子どもは、自分の気持ちを抑え、自家中毒を起こすなど、体でその苦痛を表現していたように思う。

長女がバレエダンサーであることを知るとみな異口同音に

「どうしてバレリーナにしたの。」

と聞く。その度に決まって

「私の夢を託したの。」

と答えている。

お稽古事でバレエを習う子は、たくさんいる。今やピアノよりバレエ人口の方が多いかも知れないが、当時もそれなりに人気があった。私も小さい頃、少女漫画を買うと、必ず大原永子や森下洋子ら少女バレリーナの写真が載っていたので、少女漫画を通してバレエへの憧れを持ち始めたのだった。

しかし、小さな頃は山奥に住んでいたので、習いたいと考えたことはなかった。官舎暮らしで隣家の男の子がバイオリンを習い始めたということを母がものめずらしそうに話題にしていたくらいだった。

　小学校の高学年になって、両親の生まれ故郷に転居してきた時、幼稚園のバレエ教室を初めて見た。白い稽古着を着た子どもたちを窓から眺めていた記憶がある。

　私の家は、鉄道員で町議会議員も務める父の収入で母がやり繰りし、三人の子を育てていた。兄が大学の医学部で学んでいたので、その仕送りが六年間もあり、大変だったのだろう。私のお稽古事は、当時、一般的なそろばんや習字であった。


　娘が五歳になった時、群馬県の兄の家で、姪たちが習っていたバレエの衣裳を着せてくれたことがあった。遊びの中での出来事だったが、私の遥か昔の夢が一気に甦ってきた。千葉に帰ったその足で、近くのバレエ教室に娘を入れたのだった。ちょうど、勤務校と保育所とバレエ教室がすぐ近くで、送り迎えがなんとかできたので実現したのだが。

　このバレエへの想いが娘の一生を支配してしまうことになるのである。

　バレエという情報があれば何でも収集してしまうほど、のめり込んだ。テレビ番組は録画し、バレエ公演も大枚はたいて観に連れて行った。娘より私が熱中していた。

バレエ教室も盛んで、たくさんの子どもたちが習っていた。保護者も教室の外のガラス窓から練習を毎回見学し、発表会での配役に一喜一憂していた。

母親の気合いに比べ、娘は壁の花のようにひっそりとしていた。どちらかと言えば、

「私を見て見て。」

というオーラもなく、

「皆さんどうぞお先に」

というような暢気さ加減だった。それが悔しがりの母には納得できず、練習回数を増やし、叱咤激励を続けていた。

当時、娘のクラスには上手な子が多く、どの母娘も熱心だった。

習う回数を週三回にしてもなぜ上達しないのか不思議に思っていたが、ある日、理解できた。他の子たちは、東京や別の教室などで、もっと練習していたのだった。

とは言え、家の壁にバーを取り付け、毎晩敷物をはがして「カルメン」の曲に合わせて回転の練習をしたことなど、私達親子の懐かしく愛しい思い出である。

この自己流の練習が災いしたのか、同級生たちとコンクールに初挑戦する時、娘はひざを痛め、涙したことがあった。

（1）親離れ子離れのひと夏

娘が高校一年生の夏のひと月間、ミネソタ州にホームステイさせた。スポンサーは、おじいちゃんだった。

我が家で初めての外国生活のため心配しすぎて、滞在日数分の下着を持たせて呆れられたこともあったが、娘にとっては、母親の過支配から抜け出し、バレエについて自分で選択するターニング・ポイントとなる時期だった。そして、今までやらされていたバレエを本当に自分の好きな道として彼女自身が選び取っていった。

娘が小さい頃から収集したバレエ番組のビデオも雑誌の記事もすべて、この時期の彼女が見たり読んだりしているのを見て、役に立つことができたと安堵した。

そしてアメリカから娘が送ってくれた絵葉書に書いてあったことは、興味深いものだった。ホスト・ファミリーがミシシッピ川に沿った旅に連れて行ってくださったのだ。ＴＶでよく見ていた「大草原の小さな家」に出てくる教会の学校や、ハリソン・フォードの映画「目撃者」で見た今でも十九世紀以来の質素な生活をしているアーミッシュの村を訪ねたこと、ハンバーガーの大きさに驚き、更にそれを運んできたウェイトレスがローラースケートで踊り出すので目が点になったことなど、そして、何より
「女のど根性で頑張る！」
という言葉に驚かされた。娘の中にある芯の強さを知った思いだった。

やがて、ふっくらとした明るい笑顔で帰国した娘が、トウ・シューズを履かないひと月の暮らしを経て、やっぱりバレエを選択してくれたことを喜んだ。

このひと月間は、私にとっても子離れの時期だった。娘のことを思わない日は、一日としてなかった。しかし、自分とは別の人格として歩んでいくことを納得し、その後は必要な援助をしていくというよい関係が築けるようになったのである。

まったく
「かわいい子には旅をさせよ」
である。

（2）バレエ教師からプロのバレリーナへ

そして、幼い頃から教えていただいた地元の先生の教室でバレエ教師になった時もうれしかったのだが、彼女の努力は更にプロダンサーとして舞台に立つまでになったのだ。東京で国際的なバレエ教室を主宰する**K**先生にバレエ理論と実践をしっかり教えていただいた。そのことにより、彼女のバレエダンサーとしての道が開けたのだった。体の隅々まで使ってどんな表現ができるのか教えていただいた。海外公演に参加して踊り、バレエ団の公演のために一人で外国から戻ってくるということもできるようになっていた。

尊敬すべき先生との出会いが、今の彼女を支えているのである。残念ながら、先生は数年前に亡くなられてしまったが、娘やお仲間の方々の心の中で、しっかりと生きておられる。その道の師と言える方にめぐり会えたことが何よりの財産である。

彼女のバレエ団への入団は、感性で踊る現代バレエよりも優雅に踊る形式美のクラシックバレエの方が向いていることを確信した。そして、英国のロイヤルバレエ団の演目を上演することで定評のある日本のバレエ団に団員として入団することができたのだった。

学歴などにこだわらなければ、もっと早くバレエ団に入れたであろうと思うと、門外漢の親でひたすら申し訳なく思った。

しかし、バレエ団での生活は、本当にストイックで練習漬けの毎日であった。

私は公演の度に周りの方々にチケットを買っていただき、劇場に足を運んでいただいた。一度買って観た方々がリピーターになって娘を応援してくださったことがなによりもありがたいと思った。

「ママの夢がかなったね。」

と夫から言われた時、うれしさの反面、彼女の人生を思うと本当にこれでよかったのかと思う相反する気持ちもあった。

生涯ずっとアルバイトの日々、普通のＯＬのようにボーナスをもらう経験を一度もすることなく、年数回の舞台のために日々のレッスンを欠かすことができない、爪が剥がれた足の指を見ると気の毒で、私の夢の代償は随分大きなものだったと―。

しかし、彼女の笑顔は、本当に癒しの笑顔であった。毎朝、駅まで送っていくと手を振ってくれる微笑に何度も慰められた。


バレエを習う子はたくさんいる。しかし、その道を歩き続ける人は、ぐんと少なくなる。発表会を終えるごとに一人減り、受験の時期になると二人減りした。当時の同級生やその前後の人たちでもプロダンサーとして踊っているメンバーは数えるほどである。

曲がりなりにも教育職に携わり、たくさんの子どもを見てきたので、自分の子どもの適性や才能を信じてきた。舞台の群舞でもすぐ娘を見つけることができる。どんなに素敵なプリマやソリスト達が舞台の真ん中で踊っていても、私の眼は娘の姿を追い続けてきた。親とは、そういうものだと思う。

日本では、女性のバレリーナが自活できる場所は、まだまだ少ない。英国のロイヤルバレエ団から日本に戻ってきた熊川哲也が、そんなダンサーの生活を経済的に確立するカンパニーを作り、娘と一緒に踊っていたバレエ団員の何人かもそちらへ移っていった。その成果がかなり表われてきてはいるが、給料制や生活できるだけの給費を受けることのできるバレエ団は、まだ数えるくらいである。

娘も数ヶ所のバレエ教室で教えているが、その扱いはアルバイトと変わらない。自活し、安定した収入を得るためには、自前のスタジオを開き、経営者になるしかないのだ。

ここで、はたと思い出したことがある。

娘が生活費を得るためにしていたバイトの多さである。ホテルのブライダルコーナー、クリーニング店、レストランバー、ホテルのベッドメイキング、パスタ屋さん、思い出すだけでもこんなに。下積み生活で十五種類ものバイトをしたという森進一にも負けないなあと思っていた。

そして、ラーメン店でのバイトで婿さんと出会った。

奇遇なのは、そのラーメン店の所在地が、私達が結婚して一番初めに住んだ場所なのである。そこからスタートしたということで、私達の本籍地になっているのであるが、こんなこともあるのだろうか。

ラーメン屋さんでのバイトは、注文を受けると大きな声で
「はい、喜んで。」
というのが常だった。
この大きくはっきりとした発声は、バレエの指導に大いに役立っている。彼女のレッスンを見る度にそう思った。何事も経験して損したことはない。

そして、満を持して、昨年、彼女の教室が八千代市の緑ヶ丘にオープンした。お披露目のパーティで、司会をする夫も嬉しそうだった。彼も小さい頃、隣家のお姉さんがバレリーナだったそうで、公演を見に行ったことがあったという。私達の娘がバレリーナになった背景には、二人にそんな見えない共通の糸があったからかも知れない。

主宰者として娘が挨拶をしたのだが、こんなに話ができるようになったのかと驚いた。

「スタジオの工事が始まり、そのカーンカーンと響く音を聞きながら、ようし、頑張ってやっていこうという勇気が湧いてきた。」

というような爽やかな挨拶だった。

数年にわたるバレエ教室の場所探しは、いろいろな方々の協力を得て続けていたのだが、昨年、急展開を迎えた。若い親子が多く住む八千代市の緑ヶ丘周辺で開きたいという希望は持っていたのだが、家賃の高さが壁になっていた。いろいろな物件を訪ねたが、なかなかうまく行かなかった。

しかし、昨年の一月、私達夫婦が再び探しに行った帰りに偶然立ち寄った不動産屋の女性社員が条件を聞き、あっという間に駅近くの物件を探してくれたのだった。この方がいなかったら今の教室はなかっただろう。らつ腕営業ウーマンだった。

そして、工事を担当してくれた若いけれどとてもしっかりした業者さん、すてきなロゴマークを作ってくれた看板屋さん、大きな鏡や重いバーを運んでくれた運送屋さん、本当にいろいろな方々の協力で、今、彼女の自立したバレエ生活が始まった。

小さなスタジオでも、一人の経営は大変である。自分の舞台がある時や体調が悪く教えることができない時、バレエ団の仲間が気持ちよく代行を引き受けてくれた。そして、彼女の右腕とも言える後輩のＭＡＹＵＭＩ先生と二人で教えている。

私も孫の世話を手伝いながら、自分にできる精一杯の応援をしている。

娘は、今年、五歳になる長男に

「ねえ、バレエやろうよ。」

と盛んに声をかけている。

「ＳＯＵＳＨＩは嵐になりたい。いや、やっぱりシンケンジャーだ。」

ばあばとしていつもレッスンを見て楽しませてもらっていた。

レッスンの隙間を縫って大きな鏡の前でシンケンジャーのポーズを取っていた。

「スタジオでは、ママって言っちゃいけないんだよ。ＹＵＭＩ先生って言うんだよ。」

「はい、ママ⁉」

残念ながら、彼は男の子一人だけだったので、二回目の発表会を終えたところでやめてしまった。もう一人いたら続けていたという。残念！

2．放蕩息子は世界を歩く男に

長女を産んだ後、なかなか子どもに恵まれなかった。妊娠というのは非常にデリケートなもので、欲しくない人にはすぐできるのに、欲しくてたまらない人はなかなか授からない。周りで不妊に悩む人がいると自分も

「不妊症」

という紙をもらい、治療をしていた頃を思い出す。

治療を諦めて家を購入した頃、妊娠したことが分かった。学校勤務だったため、産休を夏休みに合わせた方がいいと友人からアドバイスを受け、本来の予定日が狂ってしまった。自然の摂理に抗うことはしない方がいい。

九ヶ月の頃、アイロンがけをしていたら、腹痛があった。陣痛かも知れないと病院に行くと、十ヶ月に入らないと赤ちゃんの肺が出来上がらないからということで、注射で止めた。そうしたら、今度は予定日を過ぎても出てこない。毎日、大きなおなかを抱えて二時間の散歩をした。

そして、十一月三日の文化の日の朝、陣痛が始まった。日本中の人に祝ってもらえる（？）祝日になんとか生まれるようにしたいと頑張った夜半、ぎりぎりで生まれた。四千百七十グラムもある過熟児だった。二千グラム台の隣の赤ちゃんとは比べ物にならない太いどら猫のような泣き声、ふさふさしたライオンのような髪の毛、成長曲線は、身長も体重もカーブからはみ出していた。

出血多量で死にそうになった。長女の時に負けないくらい難産だった。先生の腕がいいから助かったようなものだった。

よく生死の境をさまよった人が生還した時、お花畑を見たというような話をするのを聞いたことがあるが、自分自身もそんな感覚を覚えた。それは、流れ出す血の温かさなのであった。

周りは七年ぶりの男児誕生で、どのくらい喜んだか知れない。本当にうれしかった。

保育所時代は、素晴らしい先生が担任してくださり、彼はヒーローだった。

笑い顔、怒り顔、百面相で、文句も感想も表現力があり、どんな大器になるか、いやでも期待してしまった。

しかし、日が経つにつれ、成長曲線の下部に移行し、小学校に入学してからは、背の順が前から二番目だった。なんのために大きく産んだのかと少々がっかりもした。

学校から学童ルームに通い、熱心な指導員の先生方や仲間たちと過ごす毎日、「わんぱく」というルーム便りで知る子どもらしい遊びに溢れる生活、彼は、ここで成長したのだとつくづく思う。

このルームの保護者の中に音楽に精通した鈴木實さんという方がいて、その方の紹介で「花嫁」の作曲で知られる坂庭省吾さんにこのルームの歌「仲間がいっぱい」という曲を作ってもらった。作詞は、まるちゃんこと石若順子先生、その歌詞の中に息子たちの姿が見えた。

そして、授業終了の鐘が鳴った後、

「お帰り」

と声が掛かるこの歌は、私の学級歌にもなって、毎朝、子どもたちと元気よく歌った。いっぱい遊んで楽しい一日を過ごしてほしいという願いを込めたのだった。

今年のお正月、ロンドンから一時帰国していた長男と車で学童ルームの側を通りかかった時、当時の先生がそこにいることを思い出し、寄ってみた。

白髪になってしまったまるちゃんは、長女が入学する時、保育所の仲間たちで学童保育所作りをした時からの先生である。海のものとも山のものとも分からない保護者の自主運営である子どもルームの先生を快く引き受けてくれたまるちゃん、保育内容は、最高のものを求めて自主研修し、学校の参観日には、働く保護者の代わりに行ってくれた。ルームを修了する時には、ルーム便りを厚い文集にしつらえ、一人一人の記事にマーカーを引いてくださった。まさしく手作りの教育で、子どもたちに料理、編み物、竹細工などの工作、掃除、キャンプ、体をいっぱいに使った遊びなど、仲間の中で豊かに生きることが楽しいんだということを教えてくださった。この教えは、たくさんの子どもたちの人生を応援して見守ってくださっている証である。

ルーム一番の思い出は、庭でやっていたそうめん流し。雨どいのパイプを使って勢いよく流す。腕白な長男は、上の方でそうめんをすくう。おとなし目の二男は、下の方で残った麺をすくっていた。お箸は、竹を削って一人ずつが作った手製のマイ箸。

二番目は、ピカピカの泥だんごづくり。日本中の学童保育育ちの子どもたちは、経験があるだろう。できただんごに白砂をかけ、愛おしそうに棚に並べていた。

二人の息子達は、少年野球のチームにもお世話になり、毎週土日は野球の練習に出かけていた。夏休みには、コーチたちが毎年キャンプに連れて行ってくれた。

川に宝石のように光る小石を撒いて拾わせてくれたことも楽しい思い出。

あるコーチは、一人一人の子どもの守備や打撃の記録を写真集にしてプレゼントしてくださった。これも宝物である。

地域の皆さんのお蔭で、子育ての思い出は尽きない。

二十八歳になった息子は、ぞくぞくと帰ってくる現代のルームっ子たちを眺めながら、先生と話し、自分の原点はここにあると頷いていた。

長女に対して過干渉だったことへの反省からか、その反動で長男には放任が過ぎたようだった。放任という意識はまったくなかったが、忙しい日常の中で、彼が求めていた支援のポイントと私の口出しは、ずれが大きくなっていった。

子育てについても、生後一週間目からアトピー性疾患が出てきたため、無添加食品の食事作りや刺激の少ない木綿の服や洗剤などの使用を心掛けた。病院通いも大変だった。短い時間でも絵本を読んで寝かせたり、親子劇場などのすぐれた舞台にふれさせたりして、自分としてはベストを尽くしている気持ちでいた。

車を使っての送り迎えなど、芸能人のように分刻みのスケジュールでこなしていた。

でも、子どもたちが望んだのは、そんなスーパー母さんではなく、下校時に
「ただ今」

といって玄関を開けたら
「お帰り」

とゆったり迎えてくれる笑顔のお母さんであり、靴下を真っ白に洗ってくれる普通のお母さんであった。

そんなことに薄々は気付いていても自分はそうすることはできないと思っていた。

「ママは普通のお母さんとは違うから。」

とよく言っていた。いや、口にはしなかったとしてもそう思っていたことは確かである。

私が休みを取って家にいた時のこと、子どもたちはお稽古をさぼることがあった。

「先生がとっても上手にできたって。」

などという言葉を信じていたら、先生から
「今日はまだ来ていません。」

と電話をもらってわかってしまったこともあった。

子育ての時期、専門職である教育内容の研究論文が市の最優秀賞になったり、大学の先生方と教育雑誌の編集をしたり、油絵を描いたりと自分のやりたかったことが次々と実現していき、絶好調で傲慢になっていった。

この私のやりたいことのほとんどは、夫の

「家族みんなが我慢していた。」

というひと言で、一気にしぼんでいった。油絵ひとつを残して、後は諦めた。

家族に尽くすという感覚は、私にとって進んでやりたいことではなく、仕方なく言わば義務感でやるようなものだった。カリスマ主婦の『ごちそうさまが聞きたくて』（栗原はるみ）の本を見ながら料理し、母親として家族に尽くそうと努力していた時期もあった。

（1）サラリーマンにはなれないだろう

「この人は、サラリーマンにはなれない。」

と痛感したのは、小学校の卒業式だった。スーツにネクタイをするようにいくら話しても頑として受け入れなかった。

「ポケットに入れておくだけでいいから。」

といってもそれさえ拒んだ。誰かさん譲りの頑固さにやがて諦めの気持ちが広がった。案の定、ノーネクタイは、彼一人だけだった。

この話は、ことあるごとにしているので、彼自身もその時のことは、笑いながら
「どうしてそうしたんだろうね。」

「本当は一人だけで恥ずかしかった。」

ということもあった。

しかし、支配を嫌い、自分の判断を信じてごつごつとあちこちぶつかりながら生きるという彼の人生観を垣間見たような出来事であった。

外国の絵画のテーマに放蕩息子という題名がよくあった。聖書の話にも出てくるテーマである。以前は、他人事のように思っていたこのテーマが、長男の中学・高校、そして、専門学校時代まで、私にとって重いテーマとなっていった。

不良に憧れると言い、髪を染めたり、ピアスの穴をぼこぼこあけたり、親が嫌がることを次々と展開する息子の行動に、私は、日々、説教の嵐だった。

彼の行為は、教師である母の思いに反発し、自分らしさを確立したいというもがきだっ

た。今ならわかる。認めてあげられる。でも、当時は、本当に分からなかった。

高校の先生が親身になって、小不良の子どもに寄り添ってくださった。また、彼の話に耳を傾け、母より母らしく接してくださったバイト先の美容師のＫＩＫＵ先生と、欧州を一人で旅する画家のご夫妻がいた。二人は、小さな日本に留まらず、世界に跳び出せとさかんに息子をけしかけていた。

そのお蔭で、彼は今、ロンドンで自活している。流暢な英語を話し、いろいろな人と繋がりながら、しかも生活のあらゆることを創造的に楽しんでいる。

教科書も持たず、最下位の成績で高校を卒業した息子。

「うざい、うっせー、意味がわかんねえ。」

彼の貧弱で下品な語彙が大嫌いだった。

その息子が、今回の帰国で、ＴＶ画面の「ハーバード大学の白熱教室」を見ながら、自分の考えを述べている。

「馬鹿じゃなかったんだ。」

私は、何度も心の中でこの思いを繰り返している。

（2）弁当を作ってくれる息子

その息子が私たちのことをどう思っているのか、今回の帰国で二ヶ月程、一緒に過ごす中で分かってきた。

日本に戻ってくると、彼は、必ず毎朝、出勤する父親にお弁当を作ってくれる。それも冷凍食品を多用するのが当たり前で、毎日代わり映えしない私の調理とは一味も二味も違う創作料理である。

物価の高いロンドンでは、ほとんど毎日、自分で料理しているのだそうだ。ドレッシングさえ、自分で作るという。ケーキも焼いてくれた。

彼は、一流の店が好きで、日本にいる時にも有名な牡蠣の専門レストランでバイトをしていた。そういう嗜好は、多分に画家とカリスマ美容師夫妻はじめ、専門学校で出会った先生方の影響が大きいのではないかと思う。料理店でアルバイトをしながら、まかない飯をいただき、シェフから創作料理のヒントを学んでいた。また、人をもてなす術を身に付けてきたようにも思う。

ここ数年のバイトは、メキシコ料理店のバーマン、つまりバーテンダーである。メキシコ料理店と聞いた時、想像した店主の姿は、額がどこまでも広く、おなかのつき出た髭の店主であった。

しかし、昨年のお正月にロンドンへ行き、息子のバイト先を訪ねた時に出会った店主は、チェ・ゲバラのようなハンサムガイだった。息子を可愛がってくれている様子が伝わってきた。

バーの仕事をしているのは、スペイン語がまだ話せず、注文が取れないからだった。でも、自分の作ったカクテルをおいしいといってくれたお客からお代わりの注文がきたり、チップをもらったりした時はうれしいという。お金は巡るものだから、自分もレストランでおいしいと思った時にはチップを置いて行くのだという。

彼のロンドンでの生活ぶりは、スカイプでよく聞いていたが、自分たちの眼で確かめて安心することができた。そして、自分たちには想像も付かないグローバルな生き方をしており、いろいろな国の友達ができる息子を誇りに思う気持ちに変わっていった。

彼の中学・高校時代は、本当に暗澹たる気持ちだった。自分の子すらまっとうに育てられないのでは、教師という仕事をする資格がないと自分を責めた。

彼自身も、学力に拘り、それを求めてくる母親に大きな反発を抱えていた。世間一般の常識をくどくどしく話す親にうんざりしていた。

そんな彼を面白がり、大きな夢を持って生きることが大切だと身を持って語る人達だけに心を開いていた。そういう人達との出会いで学んだことをよく彼は私達に伝えてくれていた。しかし、理解できるようになったのは、最近のことである。

でも、不思議と私の行く先々には、よく付いてきていた。私の通う絵画グループで自信なさそうな弱々しいデッサンをしていたり、教会の英会話では、聖書をたどたどしく読んでいたりした。

中学生の頃から洋服やおしゃれに興味があり、スタイリストをめざしていたが、今はもっとトータルな分野に関心が移ってきたようだ。一つの仕事に固執せず、服も作り、料理も作り、世界各国の人々と交流する、なんとも贅沢な生き方である。自分の眼で見て、自分なりに価値を見出したり、コメントしたりする姿は、なかなかおもしろい。

高校の同級生たちがみな就職し、雨の日も風の日も会社に通い、働いて収入を得ている。

それに対し、彼は自由を謳歌して世界中を飛び回っている。限りない自由には、限りない貧乏がセットになっているのだが、彼は、お金よりも大事なプライスレスなものに価値を置いていた。これは、私も同じ考えである。

今回の帰国は、ワーキングホリディのビザを獲得するためだった。今までの学生ビザは、毎年更新しなければならず、また学校への出席チェックも厳しく、バイトの時間も制限された窮屈な生活だった。自活するためにはバイトしなければならず、自分の服作りという本来のやりたいことが十分にやれない状態だった。それが今回、二年間の自由を保障されたことで大きく前進できるはずである。

この帰国中、彼はTシャツのデザインを考え、制作して販売した。購入してくれたのは、ほとんどが友人や先輩の方々であるが。どくろのデザインでカップルが着て寄り添うとハートになるというアイデア。

絵画教室で、イタリア人の父を持つモデルさんにその話をしたら、ヨーロッパでは、どくろは再生の意味で縁起がよいと言われていると教えてくれた。なるほど。

ビザを取得した後、彼は自分の部屋にあった大量の服の生地を船便でロンドンに送った。

たくさんの服は、二人で古着屋さんに持って行った。

がらんとなった部屋は、彼の羽ばたきの証拠である。

高校を卒業して十年目の同窓会に出たり、自分のブランドを立ち上げた友達のパーティに行ったりして、いろいろな刺激を受けたようだった。

二ヶ月の滞在の間も友人の紹介で、引越し業のアルバイトをしたり、お世話になった先生方と食事をしたり、親知らずを四本も抜いたりとフル稼働だった。帰国の前日は、気になっていた女友達と話をして、彼女が元気にダンス教室で教えていることなどを知り、すっきりした気持ちで帰国の途についた。

三月三日、出発の夜、成田空港で夫と息子と三人で食事をしながら思い出話をした。中学・高校時代の素行や出来事についての話題になると、父親と同様に
「やんちゃだったね。なんであんなことをしていたんだろう。でも、あれくらいどうってことないよ。」

と照れていた。男は忘れることで前進する。

「でも、あなたたちは、何度も何度もしつこく追いかけて来てくれたね。だから今があるんだと思う。おかあ、さまさまだよ。」

と、ふざけた感謝を口にした。

これで十分だと思った。常識的に見れば、失礼の塊のような放蕩息子だったと思うが、自分の足でいろんなところを歩き、いろんな人との出会いで自分の世界を広げ、進化してきた。いつの間にか語彙も増え、敬語も使えるようになりつつある息子に、

「一度きりの人生をたっぷりと豊かに生き、学んだことを私達に発信しておくれ、楽しみにしているよ。」

とエールを送った。

「くれぐれも腰パンはやめて。また、犬に噛み付かれるよ。」

帰国直前、スウェーデンにいる従姉の家族を訪ねた際、飛び出してきた近所の飼い犬に臀部を噛まれてしまったのだ。飼い主は、逃げてしまったそうだが、親切な女性が病院に連れて行ってくれ、飼い主にも交渉してくれると言ってくれた。お礼に日本から送ったお煎餅が気に入ったとメールを送ってくれた。それを聞きながら、まったく憎めない息子だと呆れた。

3．我が家の最終ランナー　二男は希望の星

以前、子育てについて「バレリーナと放蕩息子」という原稿を書いたことがある。過干渉とその反動による放任となかなかうまく行かない子育ての悩みを書いたのだが、三番目の二男のことは書かなかった。読んだ人は、私のことを二児の母親と思ったことであろう。なぜ、書かなかったのか。それは、上の二人の子育ての反省を生かして、やっとうまく行った子育てだからである。

世の中の多くの人たちが持つ子どもの数は二人が平均的である。どうして三人の子を育てないのだろうか。それはやがて身に染みて理解できるようになる。経済力の問題である。一人の子どもに掛ける費用がたった一人違うだけでも膨大なのである。もちろんお金に拘らず、つつましく賢く育てている人たちも大勢いることだろう。

でも臨むと望まないのとに関わらず、我が家に三人目の子どもがやってきたのだった。

（1）子育ては北風と太陽

しかし、この二男は、本当に手がかからず、自分で育った子どもである。出産からして上の二人とは比べものにならないくらい楽だった。安産というのは、こういうものなのかと思った。

小さい頃から、忙しい朝の支度も自分で着替えると一人でテーブルにちょこんと座って朝食を待っていた。

起こしてもなかなか目が覚めず、夫と娘と三人がかりで世話をした長男を尻目にちゃんと座って待っている二男には、思わず

「あなたはいい子ね。」

と褒めることが多かった。

一事が万事、生まれてからアレルギーなどの心配事があった長男の陰で、一歳六か月違いで年子のような二男は、手を煩わすことなく、いつの間にか育っていた。

育児休業を取らずに仕事に復帰したため、すぐ母乳が止まってしまった。だから二男は毎晩、タオルの端をしゃぶりながら眠るのが常だった。

九歳年上の姉がオムツを換えてくれるなど、よく世話をしてくれた。音楽教室にも連れて行ってくれた。三人目という安心感からか、かなり手抜きの子育てだったのではないかと思うが、本当に可愛らしく、手がかからないよい子だった。

「何でも自分の力でできてえらいね。」

という評価に、自分でも自信を持っている様子が伺えることもあった。

子育ては、まったく「北風と太陽」である。強風にはコートの襟を立てガードしてしまうが、暖かい光を降り注げば、自然にコートを脱ぐ。厳しい言葉は、子どもの心を閉ざし、温かい言葉がけは、子どものやる気を育てる。そんなことを知ったのは、二男の存在があったからだった。

二人目の息子が生まれ、一姫二太郎になった後の子育ては本当に大変だった。見かねて東京の武蔵小金井市まで通勤していた夫が、千葉の職場に転職して戻ってきてくれたのだった。

また、近所の家に来ていたお手伝いさんに毎日、数時間の家事をお願いした。布団を干したり、掃除をしたりする手際のよさを娘が学ぶことができた。お蔭で娘はきれい好きで掃除が得意である。

一度、顔を合わせる機会があり、口と手が同時に動く様子に主婦業の腕前を見せつけられた気がした。いつも旅館のように布団が敷いてあり、帰ってくると気持ちよく過ごすことができた。

しかし、教師の仕事は果てしなく、家事の負担が減ると余計、仕事にのめり込むという連鎖が起き、これはよくないと思った。そこで、例え、十分とはいえなくとも家族で力を合わせて家事をやっていこうということになったのである。

（2）息子達には「男の道」を教えて

「二人の息子のお手本は父親、男の道を教えてあげて。女の子は私に任せて。」

なんて調子のいいことを言って、二太郎の世話を夫に押し付けたこともあった。

「男三人の旅」

と称して、銚子の灯台や魚市場を訪ねたり、夫の実家へも男組だけで行かせたりした。

というのも、七歳の年齢差がある娘と腕白盛りの息子たちでは、行動も変わってきたか

らである。本当は娘とバレエを観に行くのに二人の息子の世話を夫に押し付けたかったのでもあるが、

「男の生き道」

の手本を示してほしいというのは、本心から願ったことであった。

近くの職場に転勤してから、夫も学童ルームの父母会役員をしたり、野球チームの臨時コーチとしてキャンプに参加したりして子育てに主体的に関わった。

学童ルームの父母会のメンバーとはよく交流し、子どもを通して地域の人たちと繋がることができて、彼も生き生きとしていた。

家族レクリエーションで、旅館の卓球台で試合をした時のこと。

酔っ払って足元がふらついている父親とたたかっても息子たちはかなわなかった。父親の大きさを見せることは、将来、自分たちが父親になった時、思い出してきっと同じように頑張ってくれるだろうと期待したからだった。

この時代の写真は今でも家中にたくさん飾ってある。父と息子たちの絆は、確かなものになったと思う。二男は、結婚式のしおりの「将来の夢」欄に

「子育て上手なパパ」

と書いていた。

小学校の入学時に作ってあげた手提げバッグを卒業式当日までも使っていた二男は、私たちの希望の星だった。また、癒しの存在だった。

自分の机もなく、リビングのソファで足組みをしてテスト勉強をしていたのに、中学入学からずっとトップの成績は、私の虚栄心を満足させてくれた。最難関突破塾での勉強を経て、県内の最難関高校に入学した。

この入学式に私は行くことができなかった。公立高校と小学校の入学日が同じ日であり、この年は、運悪く一年生の担任で入学式を休むことができなかったからだった。

でも私には、次の希望があった。それは、彼が入るであろうと想像したT大学の武道館で行われる入学式に行く夢であった。

しかし彼は入学後まもなく思いがげない病気で一か月ほど休学したのだ。それまで大きな病気で入院する人が誰もいなかった我が家で、初めての入院、手術を受けたのであった。

退院後、学業の遅れを心配されたが、そのことが原因であったのかも知れない。現役合格を望んだ彼は、安全な大学を選択した。滑り止めの私立大学には、入学金を払わなくていいというので、そのお金でシンガポールに家族旅行をした。

私の夢は、もう一度チャンスをつかみかけた。それは、Ｔ大医学部大学院の合格通知を受け取った時である。

しかし、大学の選択もそうであったが、自分の希望する研究を指導してくれるところであるかどうか、それは、やはり指導者に関わっている。

世界的な研究者として活躍している親戚のいる大学院に進んだのだった。

幻のＴ大大学院の合格通知書は、コピーを祖父に届けた。そして、実家では額に入れて飾ってある。

二男は、教師である私の目から見ても立派な頭脳の持ち主であった。夫の知性を引き継いでおり、私とは一ミリも似ていない。

しかし、ただ難関校に入学したというだけで、本当に影響を受ける人との出会いがなかったのが残念である。

ある時、二男が告白したことがあった。

「僕、悪いことをしちゃった。」

高校の授業を抜け出して友人達と映画を観に行ったので注意を受けたのだった。普通なら心配したり叱ったりするかもしれないところだが、私は思わず

「よくやったじゃないか。」

と喜んでしまった。

担任の先生には、

「お母さんが思っているほどいい子ではありませんよ。」

と言われたのだが、笑ってしまいそうだった。成績も見てくれも性格も何をとっても文句なく、何か話すと自慢になってしまうので、二男のエピソードは一つだけに留めたい。

同級生のお母さんに聞いたのだが、バレンタインの日には家の前に行列ができていたとか。それは、小学一年生の時のことだった。それから一年ごとに数が減り、高校生の時、ついに絶えた。私がお返しを買いに行っていたので、そんなことだったなと思い出す。

二男には、いろいろな経験をしてほしいと思った。将来研究者として働くだけでなく、

世間を知ることが大切であると思い、兄の学校のファッションモデルをやらせたり、メンズコンテストに応募させたりした。ＴＶ出演は、ほんの一瞬、後ろ姿だけであったが。

私は、この息子に医師になってほしいと願いながら、毎週「ＥＲ（救急救命室）」というＴＶ番組を一緒に見せていた。あまりに悲惨な医療現場のリアルさは、かえって逆効果だったようで、医学部には進学しなかった。夫も血が怖くて医学部はやめたと言っていた。やはりカエルの子はカエルか？

しかし、今、大学院で医学博士になるべく研究生活を送っている。尊敬できる先生方や仲間たちに支えられ、彼の居場所が見つかったのだ。伴侶も同じ研究者であり、二人で互いの研究を高め合うことができるであろう。本当によい出会いに感謝したい。

4．祖父の応援

この三人の子どもたちを応援し続けてくれているのが、祖父に当たる私の父である。

三人とも高校一年の時、アメリカにホームステイをしたが、これは、すべて父が経済的に応援してくれたのだった。

長女のミネソタに続いて、長男はシアトル、二男はペンシルベニアとそれぞれ、三ヶ所で夏休みを過ごすことができた。

祖父にとって彼らは、自分の夢を実現してくれる希望の灯火である。アイデアマンの父は、自分にどんな応援ができるか、いつもいろいろ考えてくれていた。

特に、長男が歩む道を探しあぐねていた時には、仕事を探してくれたり、誰よりも励ましてくれたりした。

二男には、祖父が後見人となって鉄道員の子弟を応援する奨学金を受給できるようにしてくれた。お蔭で、二男は三人の子の中で、一番に家を出て下宿することができた。

祖父の遺伝子を受け継いだ孫たちがそれぞれの道を歩む様子を聞くのは、父の何よりの楽しみである。そして、長生きの薬である。

Ⅳ　朝ドラのような父母の人生

二〇〇〇年のこと

1．「要作申（さる）と福卯（うさぎ）」

私の父要作と母福は、現在九十歳を越えて長寿の記録を更新している。

大学に入学以来、実家を離れ、そのまま千葉に住みついてしまった私は、近くにお嫁に行かなかったことを本当に親不孝したと今でも後悔している。群馬があまりに田舎すぎて当時は、脱出することばかり考えていたからなのだ。

子どもが生まれてから毎年二回、盆と正月に帰省した時には、いつまでも帰りの車に手を振る母の姿に涙し、親不孝を詫びた。

大正期の申年生まれの父と卯年生まれの母の人生は、朝の連続テレビ小説にしたいような波乱万丈の人生である。

父は、そんな二人の人生を『要作申と福卯』という人生史に著した。出版社の協力を得て、出版記念パーテイを開いたり、群馬テレビの番組に出演して二人の人生を楽しく語ったりしていた。おしゃべりが得意な父にディイレクターが
「これはリハーサルが要らない」

といったそうな。母は、隣で微笑んでいた。そして、父は更に『福卯の回想記』という母

の自分史も代筆して出版した。

そして、今は歌詠みとなった。月一回の「短歌の会」で、政治や母の介護をテーマにした独特の歌を詠み、毎月の例会や先生の添削を楽しみにしている。会場の高崎市までは、知人のTさんが運転手をしてくれている、彼は、父の歌会が終わるまで図書館で過ごすという勉強熱心な人だった。わからないことがあると父に質問をするので、父も彼を気に入っていた。そして病院通いなどの運転手も頼んでいた。

（1）幼なじみの二人

父と母は、同じ村の幼なじみである。父は、生まれてまもなく病気をしたが、助からないと放り置かれたところを近所の髪結いの女性が見つけてくれた。

「この子はまだ息をしているよ。」

と病院に連れていってくれたので命拾いしたのだった。

子を亡くしたばかりで乳のよく出る女性だった。そしておキヌさんというその女性に引き取られ、大切に育てられた。おキヌさんの乳は、たっぷりとしていて、小学校から帰ってきてからも吸っていたという。そんな母子の写真が今でも残っている。

その父が隣の大きな農家に毎晩、お風呂をもらいにきていた。その農家の娘が母であった。母の方が四歳年上である。

おキヌばあに大切に育てられた父は、神童と呼ばれ、小学校の一年からずっと優等賞をもらいに村役場に毎年行っていたそうであるが、母も一緒になったことがあったそうだ。父は、頭がよくて器量よしの女性が好きだったようだ。

母は、十二人兄弟姉妹の下から二番目で、家の労働力として重宝されていた。朝は、蚕に食べさせる桑の葉を摘んでから四キロも歩いて学校に通ったという。

先生が女学校に行くことを勧めにきても大きな農家にもかかわらず、

「女に学問はいらない。」

と、むべもなく断るような環境だった。

布団の中で本を読んでいると、

「早く電気を消せ。」

と怒られたという。

すぐ下の妹は、子どものできない姉の家に養女に出て、女学校に行くことができ、代用教員をやったというのに。

昔は、学力があっても勉強意欲があっても生まれた家の環境で学ぶ権利を奪われてしまう。なんとも気の毒な話である。

父も母も尋常小学校ではなく高等小学校を出たという話をしていたが、もっと学校に行きたかったことだろう。

歯医者の小僧として働いた後、父は鉄道員になった。そして、徴兵され、中国で終戦を迎えるが、シベリアへ捕虜として送られた。

父は、中国では中国語が話せたため、外出した時トラブルに巻き込まれたが、中国人のふりをして命拾いしたという。

また、ロシアでは、ロシア語が話せるようになったために通訳としてなかなか帰してもらえず、昭和二十五年、やっと舞鶴港に戻ってくることができた。

私が小さい頃、よくロシア語を教えてもらった。じゃがいもはカルトーシカ、灰皿はペーペルニッツア、「おやすみなさい」は「スパコイノイノーチ」など。そして、「ともしび（アゴニョーク）」や「トロイカ」などのロシア民謡をよく口ずさんでいた。

抑留の体験は想像以上に辛かったようで、八十才を過ぎて自分史を書く頃まで、あまり聞いたことがなかった。

モスクワ・オリンピックが開催される予定だった一九八〇年には、シベリア鉄道に乗って行くと張り切っていたが、日本の不参加で幻に終わってしまった。

最近、抑留者に見舞金が出るという新聞記事を見つけて、

「絶対死んじゃだめだよ。希望を持って。」

と励ましてきた。この日の前に亡くなった大勢の抑留者の方々が本当に気の毒でたまらない。新聞で

「シベリア棄民」

という言葉を見つけた時には、心底落胆していた。

父も母も二人とも戦争に翻弄され、青春を奪われた人たちである。一日でも長生きして元を取り返してほしいと思う。

（2）二人の再会

シベリアから帰還したある日、父は、東京から疎開していた母と再会した。母は、新宿の大きな炭問屋に嫁入りしたが、戦争をはさんで離縁し実家に身を寄せていた。この時代の女性が離婚するのは、よほどの事情があったからであると思った。特に、我慢強い母がそういう行動に出たというのは、無理からぬ事情があったからに違いない。

それからも、時々、母の内職を手伝いながら、いろいろな話を聞いた。金持ちの家に嫁入りしてもいいことがなく、戦争から帰った貧しい父と再婚して幸せを掴んだ話は、私だけが聞いた。

戦後、隣の家には、戦争から戻らない父を待つおキヌばあがいた。おキヌばあは、まさしく「岸壁の母」の歌のように息子の帰りを待ちながら帰国の少し前に亡くなってしまったのだった。

父が母に結婚を申し込むこと、数回。母は、年上であることなどを気にして断り続けていた。しかし、父の住む長屋にいた二人を知る人が仲人をしてくれ、二人だけの杯を挙げたそうだ。両家とも賛成でなかったからだ。

そして、父の転勤に伴い、二人は新潟県に近い水上町の官舎に引っ越した。

2．水上・湯檜曽・大穴での暮らし

母は、この時の喜びをよく語っていた。古い村で二人のことをよく知る人たちの噂話の対象から逃れることができた開放感は、なにものにも代えがたい喜びだった。雪国の寒さなんて吹き飛ばしてしまうほどだったそうだ。

水上町（現みなかみ）は、利根川上流の渓谷の両側に旅館やホテルが林立する温泉町で、東京近辺の人たちが避暑に、また紅葉狩りに、スキーにと一年中訪れる観光地だった。

この山奥の温泉街にある湯原の官舎で、五人家族で暮らした。この水上町湯原での生活は、私の記憶にほとんどないが、母の話と何度か行ってみた風景から想像することはできた。

そして、水上町からひと駅山奥に入った湯檜曽という温泉町の官舎に移った。当時、五才であったから記憶は鮮明にある。水上町を金閣寺のにぎやかさとすると湯檜曽は銀閣寺のような渋いおもむきのある温泉街であった。

物心付いた頃は、兄が医学部をめざして猛勉強中だった。小さな妹や弟がうるさかったのだろう。官舎の別の家のひと部屋を借りて勉強していたこともあった。窓に梯子をかけて母が食事を運んでいた姿もぼんやりと覚えている。また、物置小屋を改造して勉強部屋にしていたこともあった。物音を立てると集中できないというので、母は、ラジオに座布団を当てて聴いていた。

弟が毎月楽しみにしていた少年漫画が届くと、勉強部屋から出てきた兄が先に読むのが常だった。

兄が医学部をめざしたのは、もちろん父の勧めであった。家が薬屋をやっていたが倒産して歯医者に小僧として勤めた経験から、息子に医師になることを託したのである。素直で優しい兄は、辺境の地で学習条件が悪いにもかかわらず、りっぱに期待に応えた。

その兄に影響を与えた高齢の医師がいた。

（1）ドクトル石川

「ドクトル石川」と呼ばれたその老医師は、東京から引退して景色のよい水上町の別荘に移り住んでいた。白髪のオールバックに小さな眼鏡をかけた独特な風貌で、よく私の家に寄った。

当時、谷川岳は岩場の名所で遭難者が多かった。先生がうちに寄る時は、死体の検視をするためであった。いつも山歩きの支度をしていて、うちで一休みすると飄々と出かけていった。

この先生は、私の命の恩人でもある。二、三歳の頃、私は、お腹に虫が湧き、渋川の国立病院に入院しても一向によくならなかった。

諦めて水上に戻ったところ、石川先生がドイツから取り寄せた薬で治してくださったのだという。その縁から谷川岳に行く時には、必ずうちに寄っていったのだ。先生は小学校の予防注射にも来ていて、おじいちゃん先生に注射を打たれたことを覚えている。亡くなった時には、写真入りの新聞記事になっていた。

（2）自然に学べ

夜勤明けの父が眠るためにも、私と弟は母に連れ出されて、山の中に出かけて行った。行動力のある母は、官舎の女たちがおしゃべりしながら子育てをしている頃、ワイシャツを仕立てたり、姉の商店から仕入れた衣服を背負って山奥の村に行商していたりしたこともあったという。どこに出かけているのか詮索されないように、荷物は駅近くの知人に預け、夕方、兄がそっと取りに行くということもあったそうだ。

父は、水上から東京の鉄道学校に通い、後にローカル線の電化などの仕事に役立つ研修を受けていた。父のいない生活では、兄が母を支え、頼もしい存在であったと思う。

母は、この山での生活を楽しんでいた。そして、子どもたちにも体験させた。ルソーの「自然に学べ」を実践していたような気がする。季節ごとに山の幸を探し、山菜取りやきのこ探しに出かけた。木の芽を摘んでおひたしにして食べたこと、わらびやぜんまいの丸まった芽を見つけ、たくさん摘んで家に帰ると灰汁で手が茶色くなってしまい、なかなか落ちなかったことなど、懐かしい思い出である。そして、今、私が大学で教えている生活教育の源である。

春の山歩きは、冬の厳しさから開放された喜びと重なって楽しさが倍増する。なんと言っても湯檜曽は、谷川岳から吹き降ろす雪が屋根いっぱいに積もる豪雪地帯だった。

（３）豪雪地帯湯桧曽の思い出

冬は年中、屋根の雪下ろしをしていた。スコップで直方体に切り取った雪が勢いよく下ろされると、家の中は真っ暗になる。そして、玄関から階段を付けて地上に出ると、まぶしい銀世界が目に飛び込んでくる。

「おかあちゃん、お目目に何か刺さった。」

という新美南吉のお話（『手袋を買いに』）に出てくる子ぎつねの気持ちがよくわかった。

切り取った雪は、側溝に流される。ざんぶらこっこと雪の塊が流れていった。湯檜曽の官舎は、急な坂の上にあり、線路をはさんで、保線区の官舎と駅員の官舎に分かれていた。ループ式トンネルとして有名なトンネルの側にある官舎から坂を下ると、湯檜曽川が流れ、その橋のたもとや一本道の両側に温泉旅館やみやげもの店が立ち並んでいた。このみやげもの屋の店先が、私たちの遊び場だった。

水上町も湯檜曽も都会からの観光客で溢れ、山奥ではあったが、芸者さんもいたり、映画の撮影隊が来たりして、賑わっていた。映画の撮影には、地元の子どもたちが雪合戦をするシーンで私達もエキストラ出演をしたことがあった。二日間の撮影が終わった後、ラーメンを御馳走になったり、東京から沢山の文房具を届けてもらったりした。主演女優は、きれいな人だった。雪合戦をしている私たちの横で

「ゆうこさん、ぼくと結婚してください。」

とプロポーズする男優の台詞がまだ頭に残っている。

一体何という映画だったのだろう。

夏は、利根川の上流水がとても冷たく、たった数秒間でさえ、手を入れていることはできない。手ぬぐいですくって遊んだメダカも郵便マークのように小さく細かった。

大学に入って千葉のメダカを見たとき、メダカは魚なんだとびっくりしたことがある。

秋は、群馬が輝く季節である。錦織り成す山々の紅葉と水の美しさは、格別である。

しかし、冬は、豪雪に翻弄される。雪道を歩いて学校に通うのだが、道の両端は高い雪

の壁である。バスやトラックなどの大きな車が来ると避難用の穴にぺたっと体を預けて通り過ぎるのを待った。

登校途中の崖で「雪山」と呼ばれるところは、雪崩の危険があるため、冬はバス通学で遠回りして登校した時期もあった。

そんな雪国暮らしを慰めてくれたのが、温泉である。官舎の奥には、鉄道の保養所があって、私達は、毎日それを利用することができた。プールのように広い湯船に入浴し、白い息を吐きながら雪道を踏みしめて家路に着くというのが、毎晩の日課であった。

温泉といえば、私達は生まれた時の産湯から温泉育ちである。それが当たり前の生活だったので、不思議に思ったこともなかった。なんとも贅沢な話ではあるが。

こんな山奥でも父は町議会議員に立候補し、二期八年間、鉄道員と議員の両方をこなしていた。家が宴会場になることがよくあった。テーブルをつなげ、旅館の夕餉のように、たくさんの料理が並んでいた。母が近所の人たちに手伝ってもらいながら、切り盛りしていた。お客さんが帰った後、三角のお猪口に残ったお酒を味見してみたこともあった。こんなおいしくないものをなぜ飲むのだろうといつも思っていた。

父がハンドマイクを握って演説をしていたシーンも何となく覚えている。私の子守歌は、「アンポハンターイ！」であった。

（4）廃校舎での暮らし

水上町に町営住宅ができた時のことである。住宅団地の走りの頃であったろうか。小さくてそっくりな同じサイズの家がたくさん建っていた。夢のような景色だった。そこに入居することになり、私と弟は、湯檜曽の家から今まで通っていた小学校から水上町の小学校に転校した。

ところが、議員特権で町議会議員が入居するのはどうかというクレームが付いたのか、住宅の建設に奔走した父は入居することができなくなってしまったのだ。

そこで、私達は、一週間で元の小学校に出戻ったのだ。そして、父母の故郷である渋川市に家を建てることになった。父の従兄である親戚の大工さんの初仕事であったからか、一年の月日を費やしてやっと完成した。

その間、住む場所のなくなった私たちは、スキー場の賑わいが勉強の妨げになるという理由で廃校になった大穴中学校の用務員室で暮らすことになった。

まだ用務員さんが住んでいた一週間ほどは、教室にござを敷き、そこで生活をした。弟と二人きりで広い教室の中でボール蹴りをしていた時のこと、蹴りそこなって転んだ弟が、初めは笑っていたのに泣き始め、なかなか泣き止まなかった。そして、父のバイクで診療所に向かい、帰ってきたときにはギブスをはめていた。足の小指を骨折していたとかで、三ヶ月ほど、学校を休んだ。

学校の裏には、二軒の教員住宅があり、二家族が住んでいた。その内の一軒は、丸山先生のお宅だった。このお宅には、私より少し学年が上の女の子がいた。私は、ほとんど毎日のようにお邪魔した。丸山先生の家の本棚には、たくさんの本が並んでいて、私は毎日、日本文学全集や世界文学全集を一冊ずつ借りてきて、一年間で相当な読書をすることができた。私の学力の元は、この読書のお蔭である。

そして、五年生の四月、私たちは、村の分校のような小さな学校から、学年に八学級もある町の大きな小学校に転校した。

でも、私の情緒を培ったもの、それは、水上・湯檜曽・大穴での自然体験と読書体験であったと思う。

また、雪に閉ざされていた間、毎日、こたつの上で「きいちのぬり絵」をしていた。それはかわいい女の子の絵であり、当時はとても人気があった。現在、油絵を描いているが、その基は、このぬり絵から始まったような気がする。

(5) 大穴スキー場

冬になると小中学校ではマラソン大会を行うが、雪国ではスキー大会だった。小学生は、そり、滑降、回転の三種目から選んで出たのだが、私は少し滑れたので滑降に出てみた。滑降とは、まっすぐ滑るのだと思っていたから、がけ下に一直線に落ちるとは知らなかった。怖ろしい経験だった。転んでやっとスキーを止めたのだが、前に滑った子達が、何人も目の前で転んでいた。

このスキー場で遊んでいると斜めにスキー場を横切る美しいスキーヤーがいた。隣の席の市村君のお兄さんだった。彼は、大回転の選手で有名だった。札幌オリンピックにも出場していた。大学一年の冬、親戚の民宿でオリンピックの競技を見た。市村選手は、群馬県民ならみんな知っている地元のヒーローであった。

3．父一番の仕事「だるまの詩」

一九八二年のこと

故郷に戻った父は、鉄道を退職したら市議会議員に立候補することを待ち望んでいた。しかし、家を建てた後、埼玉や栃木の駅に単身赴任し、ずっと地元に住むことのできなかった父は、村の役員を引き受けることができず、村人の反感を買ってか落選してしまった。三人の子が皆国立大学に入学、しかも二人が医学部ということが羨ましがられたり、引退すると言っていた親戚が直前になってやっぱり出馬すると言い出したりと、いろいろな不運が重なって、町議会議員の時のようにはうまく行かなかった。

あいにく私の結婚式も選挙中にあり、父と母は、式後、すっ飛んで帰ってしまった。おまけに私は入籍したことで、父に投票することすらできなくなってしまった。最大の親不孝者であった。

でも、人生とは不思議なものである。選挙には落ちてよかったのだ。そう思える日は、まもなくやってきた。

国鉄職員の退職は、当時五十五歳。今の退職年齢を思うと、非常に若い。そんな父が第二の職場として見つけたのは、駅の看板などを扱う広告会社だった。当時、民家の軒先を借りたような高崎支社の支社長になった父は、得意のアイデアで業績をどんどん伸ばしていった。

そんな父を買ってくれていた先代の社長は、名物社長だったが交通事故で亡くなってしまった。しかし、後を継いだ若社長も父に良くしてくださった。弟は、ここの奨学金をいただいて、医学部の教授になり、世界的な研究者として活躍している。

父がこの会社で手がけた一番大きな仕事は、高崎駅の新幹線乗り場近くに設置された「だるまの詩」という壁画の作成である。県や市、そして高崎観音を作った井上工業という地元企業の協力を得たプロジェクトだった。

群馬県出身の画家で多摩美術大学の学長だった福沢一郎氏に描いてもらった「だるまの詩」の絵を芸大にいたベルギー人のルイ・フランセンが陶板レリーフで造形表現したもの

である。フランセンは、柿色で有名な佐賀の名工柿右衛門の釜で数百枚の陶板を焼いてもらった。

ところが、でき上がったものは彼の望む柿色でないことに落胆した。その釉薬は、日本にはないことがわかり、遥か英国から取り寄せ、もう一度焼き直してもらったのだという。後世に残す作品に妥協を許さない国際的な芸術家の気持ちに応え、焼き直しを引き受けた陶工柿右衛門の心意気と苦労を刻んだ「だるまの広場」に壁画が存在しているのだ。

自分の名は残らなくても、この仕事は孫たちにも後々まで伝えられるであろうと喜んでいた。

そんな父が、吾妻線の電化事業と水上町の寒冷地での議員活動を称えられて春の叙勲を受けたのだった。渋川市長が受賞者とその家族を招いて開いたパーティには、私たち三きょうだいも招待していただいた。皇居に出向き、表彰された時の正装で微笑む二人の写真は、私の大好きな父母の思い出の一枚である。

表彰の後、父の会社の本社を訪ねると、社長は大いに喜んでお祝いをくださった上、

「好きなだけ勤めていい。」

とおっしゃったそうだ。

豊かな家に生まれたら、もっと学問を究めることができたであろう。シベリアの凍てつく大地から生還することができ、母との結婚で幸せな家族を構成することができた父は、いつも三人の子の自慢を語っている。話しているうちにいつの間にか自慢話になってしまうのである。それを恨やんだり、呆れたりする人もいるかも知れないが、私は、何度でも聞いている。

いいではないか。父のお蔭で私も今がある。

父の夢は、子どもを全員医者にして総合病院を作りたかったのだが、残念ながら私がその期待に応えることができなかった。全く理系頭でなかったのだ。しかし、その理想は兄の家族や子どもたちが引き継ぎ、今はまた、孫たちが更に発展させている。

「子どもに残せるものは、学問である。貧しくとも教育を身に付ければ、自分の道を切り開くことができるのだから。学問は金持ちの前にも貧乏人の前にも平等である。」

この父の哲学は、私たち、そして、子や孫たちの胸にもしっかりと引き継がれていくと言える。

外交的な父は、第二の仕事から身を引いた後も、地域の自治会である区長や会計の仕事、鉄道ＯＢ会の役員やお寺の檀家総代などを率先してやっていた。選挙に出ることを勧める人もいた。今なら当選するかもしれない。でも、やめておいた方がいい。

その父には、おもしろい特技がある。それは、葬儀で弔辞を読み上げることである。

演説は、ロシアの捕虜時代に覚えたアジ演説の応用なのだという。弔辞のパターンを作っておいて、そこに人を当てはめていけばいいのだと言う。だから、父の弔辞は評判が良く、聞いた人は、平凡な主婦であっても農夫であってもどんなりっぱな一生であったかと思うほどである。この父の弔辞で送られた人たちは幸せである。

でも、父の葬儀の時は、一体誰がどんな弔辞をあげてくれるのだろう。そんな話になったら

「いいさ。死んでしまえばわからないんだから。」

まったくその通りである。

4．母の人生は自己犠牲の人生

恐ろしい空襲を潜り抜け、貧しい父と三人の子どもたちを育て上げた母の苦労も報われた。

母は、実家の働き手として貢献し続けた。十二人の子どもを産んだ祖母は、五十五才の若さで亡くなってしまったという。数名いる姉さんたちは、みな工場に働きに出ていて、母が働き手として甥っ子たちの子守や蚕の世話など、農家のさまざまな手伝いをしていた。真面目で働き者の母を慕う若者が、村にはたくさんいたという。戦地に赴く前に手紙を渡されたことも多々あったと。しかし、一通も開けたことはなかったという。

現代では考えられない生真面目さ、それゆえの苦労をたくさんしてきた。私たちの結婚文集に書いてくれた

「人生山あり谷あり」

というのは、母の実体験から来た言葉でもあった。

私たちを育てているときにも内職をしたり、庭で野菜を育てたりして休むことなく働いていた。

そんな父と母は、私や弟が小学校の高学年になった頃から、鉄道のパスを利用して二人で日本国内を旅行するようになった。親戚のおばさんが私たちの世話に来てくれた。沖縄以外は、ほとんど旅行したので、満足していると言う。

母に聞くと初めての海外旅行で行ったハワイは、とても気に入ったそうで、もう一度行ってもいいと言っていた。

子育てを終え、老老二人の生活が続いている。まだまだ元気な父に比べ、九十五歳を過ぎた母は、もうやることを見出せずにいる。しかし、父のために一日でもと生きながらえている。

昨年の秋から、母が小さな養老施設に入居している。我が家に初めて来てくれたヘルパーさんたちが作ったアットホームな施設である。

名前も「ありまんち」という親しみやすい施設である。そのヘルパーの田嶋さんを娘の代わりだと思って、

「お姉ちゃん」

と呼び、笑顔で生活している。医師である兄が健康面をずっとサポートしてきてくれたお

蔭で、母は百歳を越えるのではないかと思われている。

母は、両手を合わせて

「ありがとうさま」

と微笑みながら言う。

感謝の気持ちをいつも絶やさない姿に胸を打たれる。

ここ数年、母の介護で一気に年を取ってしまった父は、ヘルパーさんや介護のお手伝いさん、運転手さん、甥っ子などの世話になりながら、自宅で一人暮らしをしている。

長く生かされているのは、二人の人間性によるものであると思う。人のためには尽くすが、見返りは求めない、潔い生き方である。

父と私は、最近は朝六時の電話で、いろいろ話しながら励まし合っている。

父は、上毛新聞の読者の声欄に投稿するようになった。目が悪くなったので、父の原稿を私が清書して新聞社にＦＡＸで送る。それが新聞に載ると県内の知人や友人から「おめでとうコール」が頂けるのである。また父の後輩で女駅長として有名になった清水さんがカットを入れてきれいにコピーしたものを届けてくれるのだった。

父の誕生会にそれを製本した。

昨日の電話では、九十歳からの出来事をまた本にしたいと言っていた。

「いいよ。どんどんＰＣで打ってあげるよ。元気で頑張って。」

前を向いて生きること、

これを私は父の生き方から学んでいる。

V

私達の遥かなる旅

二〇一一年

1．私達の遥かなる旅　ハワイ編

二〇一〇年のこと

遥かなる旅は、私達の知らない遠い祖先から延々と続いてきたものだ。その過程で、数多の人々との出会いがあり、山や谷を越えて歩み続けてきた。父や母のＤＮＡは、子や孫の中にも地下水のように脈々と流れ続けていく。

私達二人の遥かなる旅も後半に差し掛かってきた。今まで、夫は、私の選択に振り回されながらもよきサポーターに徹してくれてきた。

ここ数年は、彼が計画した旅をすることが多くなってきた。旅の手配をしながら情報を集め、計画し提案することが彼の楽しみになっている。

昨年の九月に個展をやった時、仕事が休みの日は、本当によく手伝ってくれた。親しい参観者との記念写真の撮影から、食事の手配、接待など、画廊の職員と間違えられるほどの心配りをしてくれた。

そして、一週間後、二人でハワイへ出発した。

私達の旅では、初めてのリゾート地である。私は、ハワイのどの島に行くのかも知らなかった。

本当は、「〇〇キロ痩せたらハワイ旅行」の景品だったのだが、これは絶望的であった。そこで、勤続三十数年のご褒美として私の退職記念の旅になった。

私は、三十年来の仕事の疲れと個展会場の冷房のせいか、体調を崩してしまった。病院で治療を受けたが完治せず、吸入器や目薬を持参しながら無理をして行った。

真っ赤な目で、喘息状のひどい咳をしながら行ったのだが、本当にハワイの自然と風土と人々には癒された。

夕暮れると毎日、街角で始まるハワイアンのコンサート。美しいダンサーにたくさんの観客の中から幸運にも選ばれて芳しいレイをかけてもらえたり、トロリーバスの女性運転手の愉快な案内を聞いたりしながら、いつの間にかハワイが気に入りの場所になっていた。

何より夫の顔がいい笑顔だったことが一番うれしかった。悩みがあっても話さず、自分の中で消化しようとする内向的な彼が、解放された屈託のない笑顔を見せている。ハワイは、どこよりもそんな彼を癒してくれる島だと分かった。

そして、とても無理だと思ったダイヤモンドヘッド山にも登った。

「咳が止まらないので、途中まで行くから先に行ってて。下りてくるのを待ってる。」

と言ったのだが、夫は少しずつ先を歩き、ゆっくりにこやかに待っていてくれた。帰りのバスは一時間に一本だから慌てる必要はなかった。

そして、とうとう頂上にたどり着くことができた。

眼下に広がる蒼い海や島の風景を飽きずに眺めながら、二人とも満ち足りた気持ちでいた。頬をなでるさわやかな風に、私達は、

「今まで良く頑張ったね。」

と褒められた気がした。そして、エールをもらった。

「これからの旅も照る日曇る日いろいろ。ゆっくり少しずつ彼の後を追いかけて、追いついて、一緒に喜びを味わうといいね。」

この旅の後、私達は少しゆったりと暮らすようになった気がする。のんびりゆっくり人生を楽しむ時間を大切にして、二年後にはまたハワイに来たい。

2．四十数年後も旅する私達

二〇一五年のこと

その後のハワイ旅行はなかなか実現しないのだが、数えてみたら昨年のバルセロナ旅行で二十数回もの海外旅行を経験した。ほんとに仕事の隙間を縫ってエコ旅行と称した格安旅行を楽しんできたのだ。

どの旅行が一番心に残っているかという質問に、私は、すぐさま

「それはカナダ！」

と答えた。

私たちの初めての海外旅行は、カナダのトロントだった。一都市だけのステイ型旅行である。ナイヤガラの滝も凍るような冬の旅だった。雄大な自然やクリスマスの飾りが美しいカナダには、その後四回も行った。

お城のようなホテルに宿泊したはいいが夜中の三時に出発したり、回り切れないほど大きな博物館の見学や、劇場での「くるみ割り人形」のバレエ公演や「ミスサイゴン」などのミュージカルを楽しんだりした。

バンクーバーやビクトリアの旅では、長男のホームステイ先の家族ビルのファミリーがアメリカのシアトルから来てくれ、一緒にインディアン渓谷を旅したこともある。

また大陸横断鉄道に乗って窮屈な車中泊をしながらカルガリーまで行った。カルガリーのインディアン博物館に行ったときには、是非子どもたちにここを紹介したいと翌年、わざわざ同じところに行ったのに二人の息子たちが興味を示さなかった。夕方、閉館まであと三十分というところで、ホテルに到着。急がせる私に

「マックが食いてえ。」

などと抜かしたので、親子げんかになり、私は、布団をかぶって泣きながら寝ていた。

でもその時のことは、ママを怒らせた話として子どもたちが後々までの語り草にしているので、親の気持ちは伝わっているのかも知れない。許そう。

夫は、トルコ一周旅行が一番だったという。気球事故などがあって、親日トルコは国を挙げて素晴らしい旅行を格安で提供してくれた。ガイドさんは、首相の日本語通訳という優秀な女性で、江戸時代、難破したトルコ船から村人が乗組員を救出した話やイランイラク戦争で日本人の救出にトルコ航空機が真っ先に向かってくれたことなど、日本とトルコ

の友情秘話をいろいろ伝えてくれた。

そして、エジプト文明に勝るとも劣らないメソポタミア文明の遺跡群、この発掘はまだ続く。更に、気球が飛ぶ広大なカッパドキアやラクダが佇むキャラバンの隊商宿などトルコのイスラム文化は、本当に壮大で素晴らしかった。


仕事の都合で夫が長い休暇を取れないため、私たちは、毎年のようにアジアの国々を短期間で旅した。お正月は、上海や北京など、中国で過ごすことも多かった。

台湾では、中国文化の粋を集めた故宮や原住民の文化村を訪ねた。

夫は、トルコでファッションショーのランウェイを歩くモデルに選ばれたり、台湾の原住民村では、立派なガタイを見初められ、花嫁を背負う婿役に抜擢されたりした。もちろん観光客向けのショーだったが、楽しい思い出となった。

3．ベトナム戦争の傷跡とベトナムの戦後復興

私達の学生時代、連日アメリカ軍の爆撃が報道されていたベトナム戦争は、一九七五年

四月三〇日にサイゴンの陥落であっけない終末を迎えた。結婚したばかりの私達は、米軍のヘリコプターが米軍、その家族らを乗せて飛び立つシーンや国外に脱出するボートピープルを家のＴＶで観ていた。ベトナム新政権は、去る者を追わず、残った人々で戦後の復興に臨んだのだった。

結合双生児ベトちゃんドクちゃんの分離手術や枯葉剤による奇形児の発生など、その後もベトナムを巡るニュースを注視していた。

十数年前、サイゴン（改めホーチミン市）は日本からの若い観光客が行く手軽な観光地として人気のコースになっていた。私達もサイゴンを訪ねた。この時は、まだベトナム戦争の傷跡が残っていた。人ごみの中からにゅうっと手が出てきて、見ると笠を被った顔の中で眼だけが光っていた。

物乞いをする準備でコンクリートの上を掃いている少女の足は、オットセイのように曲がっていた。射的場に案内されるとベトコンを撃つゲームだという。私は、思わずガイドさんにどんな気持ちなのか聞いてみた。彼は、笑っているだけだった。

クチの地下トンネルに入ってみた時には、本当に驚かされた。山本薩男監督が「ベトナム」という映画で、巨大な米軍に対し、知恵を働かせて闘うベトナム民族の様子を伝えていた。その舞台に自分たちが立っていることで戦争の実態が少しでも理解できたような気がした。

堅い粘土質の地下には、学校から教会まであり、撃ち落とした武器を溶かして作った鍋や釜など、ベトナム民族の知恵と勇気を存分に見ることができた。この旅も「シンチャオ！ベトナム」という冊子にして、二年生の子ども達と学習した。授業参観日には、ベトナム料理の生春巻きにも親子で挑戦した。

そして五年前、ハノイ・ハロン湾の旅をした。これも美しい観光地として有名になったところである。戦争の名残りがあったサイゴンと比べると、ハノイは明るく元気な街だった。空港では、出迎えの人々が帰国者に花をプレゼントするのが習慣のようで花束を抱えた人たちが何人もいた。子ども達が空港内を走り回っていると他人でもたしなめる人がいて、礼儀正しい人々だと感じた。市内観光をしても戦争の傷跡がほとんどなかった。

そうだ、日本だって戦後数十年たてば、もう戦後とは呼ばなくなっていたではないか。若者と子どもがたくさんいて、未来を感じた。それともう一つ驚いたのは、物乞いに一人も出会わなかったことである。

アジアを旅して悲しいのは、物乞いの多さであった。上海の冬の夜の街では、道路の真ん中に赤ちゃんを背負った母親が座り込んでいた。私達は、前回来た時のレストランに行く途中だった。痩せた母親を見たことが忘れられず、肉まんを包んで持って帰ったが、もう二人の姿は見えなかった。なぜすぐお金を恵まなかったのか。後悔先に立たずだが、それは、仮にも社会主義・共産主義の国で、物乞いをするような政治が行われていることへの怒りの気持ちからであった。爆買いの金持ちと物乞いの貧民と。一体この国は何なのか。

信号待ちの四つ角で、カップ麺の容器を持った子どもたちが当たり前のように物乞いをしていた。物陰では母親たちが待っていた。私は、そのカップに肉まんを入れたけれど、できればあの母子に食べてもらいたかった。

だから物乞いがいないベトナムは、私にとってうれしい国だった。ガイドさんに聞いてみると、厳しく取り締まっているからではないかということだった。またベトナム旅行をした他の人たちに聞くと、市の裏側に行くとまだいるのを見たことがあるという。

でもこれから発展するであろうベトナムの若い力と国民生活の向上を目指す政治に好感を持てたことは確かだった。

4．バルセロナ礼讃

憧れのスペイン国、そのたった一つの都市バルセロナへの旅は、ステイ型でしかもなんとホテルがサグラダファミリア教会のすぐそばにあった。

毎朝、朝食後に散歩して教会の外観をしっかり目に刻むことができた。そしてなにより驚いたことは、教会内部のステンドグラスの美しさである。トルコのブルーモスクなども圧倒的な大きさと美しさで忘れられないが、あの未完成と言われているサグラダファミリア教会の内部が素晴らしい祈りの場であったことに感動した。

またフラメンコの踊りを通して、人間の苦悩を表現し、力強く励ましているスペイン人の心を見た。

バルセロナの朝は、なかなか明けない。八時を過ぎてもまだ暗い。

七時の朝食は、パンとコーヒーだけのコンチネンタルと知らされていたが、ちゃんとアメリカンビュッフェスタイルで満足できるものであった。

毎朝食後、歩いてサグラダファミリア教会まで行った。土曜の朝は車も少なくバルセロナは、静かで落ち着いた古都という感じか。清掃業者が絶えず、街頭のごみ箱を整理していて、街は美観を保っている。

街行く人々もスタイリッシュでおしゃれな人が多い。

カタルーニャの独立を支持する旗が家々のベランダに掲げられていた。

バルセロナの市内観光をする日、凱旋門前にどこからともなく集合した日本人観光客たちと一緒に市内をバスで回った。

バルセロナ観光はオリンピックの話から始まった。

一九九二年のバルセロナオリンピックの開会式での聖火点灯は、本当に感動的だった。七〇メートル先の聖火台へパラリンピックの選手が放った火矢が大きく弧を描き、見事的中して炎が燃え上がったのだった。スペインの人々は、いつまでもあの国民的な快挙を忘れていない。そして音楽を担当し、開会式で指揮棒を振ったのは、若き日の坂本龍一であった。

バスは、その開会式の会場となった小高いモンジューニックの丘へ向かった。モンジューニックとは、「ユダヤ人の山」という意味の高台で、ロープウエイではるかに市街を見下ろすことができる。バルセロナは、この丘から三方へ広がっている。港は、地中海クルーズ船の出発点になっており、ピースボートや日本の客船「飛鳥」も寄港するとか。

「クルーズ船もいいな。」

と言ったら

「十日も休めるかよ。（帰ったら席がなくなってるよ。）」

と、相方に夢をつぶされた感じ。仕事があるから長い旅に出られない。でも仕事がなければ旅は出来ない。どっちにしても苦しい。

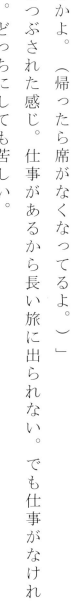

（1）サグラダファミリア教会の内部

「目からうろこ」とは、このこと。サグラダファミリア教会の素晴らしさは外観のみにあらず、中のステンドグラスの美しさを堪能した。

有名な建築物の前に立ち、見上げる大勢の人々。

世界中から観光客が集まるところで、すごい人出である。

「周り中みんなスリだらけ。自分以外の人は、皆スリだと思って。」

これは、クールなガイドさんの言葉。かなりナーバスになって見学した。

ジーザスの誕生からの彫像がたくさん彫られており、首が痛くなるほど見上げた。日本人の外尾さんが彫った彫刻も目立っていた。

サグラダファミリア教会は、ただ今工事中。数百年かかると言われた完成は、３Ｄなどコンピューターの導入で大幅に進み、なんと二〇二六年！もうまもなくである。費用はすべて信者の寄付と観光客の入館料、そしてお土産物代、世界中の人々の浄財で工事が進められているのだそうだ。

人間は、高く高く、まるで神に近づこうとするかのように遥かな工事をする。なぜなのだろうか。答えは、教会の中にあった。

世界平和への祈りは、何百年祈っても今だ達成されていない。愚かしい人間の行い、輝くステンドグラスの下で熱心に祈る人々、その周辺で盗みを働く人々。人間とは、なんと清廉でなんと穢れた生き物であることか。

(2) グエル公園

今日は、地下鉄に乗り自分たちで観光する予定。相方の出番だ。まずは、ガウディの遊び心満載のグエル公園、グエル氏は、ガウディのパトロンだった。動物や植物など自然の造形にヒントを得て愉快な公園を作ったのだ。昨日のガイドさんがガウディの好きな種の種子をひらひらと落とす遊びを教えてくれた。種もでかい！

ガウディの奇想天外な建造物やデザインは、正直好きではない。彼は、金持ちのパトロンのために働いたと聞き、落胆した。しかしバルセロナ市は、彼の死後、グエル公園を市民のための憩いの場所として開放している。

（3）フラメンコースパニッシュの精神性に触れて

念願のフラメンコを見ることができた。フラメンコは、踊り手だけでなく、歌い手、演奏者、多分観客も一体化して一つの舞台公演を構成している。

マーメイド風の裾がすごく長い衣装を何度も着替えて登場する女性ダンサー達、鍛え上げた美しさ。それに対して苦渋の表情を浮かべ、悶えるような孤独を踊る男性ダンサー、そして恰幅のよい体つきから哀愁のある唄声を絞りだす男性の唄い手達、もしかするとこの唄い手こそ影の主役ではないかとさえ思わせる。

最後に客席にいた有名な男性客が舞台に招かれ、普段着で踊りだし、拍手喝さいを浴びた。ギタリスト達や紅一点のバイオリニストが奏でる乾いた音、スパニッシュの内面性に触れた夜だった。

Ⅵ　それからの出来事も波乱万丈

二〇二〇年

私達家族にとってターニングポイントになった二〇一〇年、あれから十年の歳月が過ぎた。それからの出来事もそれぞれ波瀾万丈である。

1．振り付けの才能が開花した

まず、バレエスタジオを開設して十年経った長女は、沢山の生徒と一緒に頑張っている。初めの教室は手狭になり、二つ隣のビルに専用のバレエスタジオを開設した。広くなったスタジオで子どもたちが元気にレッスンに励んでいる。

二〇二〇年は、コロナ禍のため、教室を休業することになった。オンラインでの授業をしたり、教室の感染予防のためにさまざまな努力をしたりして苦労している。

バレエを習う子ども達にとって励みになるのが発表会である。一年半に一回の発表会も二〇二一年に七回目を迎える。コロナ禍のため、発表会自体をやらないところも多いが、娘は、「やる」という決断をした。

この原稿を書いている最中も発表会のポスターができ上がり、リハーサルが行われている。例年通りにはできず、時間短縮の上、感染予防のため、会場の隅々まで神経を配らなければならない。二月二十八日（日）の本番を何とか迎えることができるよう祈るばかりである。

コロナ感染予防のため、あらゆる芸術家、舞台関係者、そのまた周辺の関係者たちが仕事を失ってしまっている。娘の発表会が中止になれば、舞台関係者の多くが収入もなくなってしまう。この自粛の中で、娘が幼いころからお世話になっていた衣装会社が倒産してしまった。本当に深刻である。

発表会の度に驚かされたのは、その振付が素晴らしいことだった。自分の子を褒めるのは、親バカが過ぎるかもしれないが、客観的に見てもやはりバレエ団で英国ロイヤルバレエの全幕ものに出演して学んだことは、他には真似のできないことなのだろう。沢山のバレエ公演や発表会を見ているという方々からも褒めていただいている。

バレエ教室を開設した時、一番に入会し、たった一人でレッスンを受けていた生徒が美しいプロダンサーになり、今では先生としてプチ・バレリーナたちの憧れの存在になっている。

半年かけて準備した発表会を重ねる度にその生徒一人一人を最大に活かす教え方に感動の声をいただいている。娘のスタジオは、子どもだけでなく、大人クラスの生徒さんたちも生き生きと踊っているのが何よりの特長だ。ソロの踊りや男性ゲストと二人で踊る演目もあり、目の肥えた方からは、

「一人一人の力を最大限に引き出す指導」

と褒めていただいた。また出演する生徒さんたちも精一杯の努力で臨んでいる。リハーサルの様子を見る度に胸が熱くなる。

夫は、発表会の統括を引き受け、婿や息子たちと一緒に裏方の仕事も厭わないでやっている。このスタジオの裏方の長は、父親であるじいじこと夫だ。細やかな心配りと先を見通した方針で娘を支えてくれている。

私も夜中にスタジオから帰る娘のために孫たちの世話に通っている。

昔、娘が私の子育てを助けてくれたことへの感謝を込めて

「ばばの恩返し」

と言いながら。

2．コロナで飛ばなかった飛行機

長男は、この春やっとロンドンでの結婚生活を始めることができたのだが、世界のコロナ感染のために六月の結婚式ができるかどうかの状態だった。世界を震撼させている新型ウィルスの影響で、ロンドンはまだまだ大変な状態にある。しかし、世界を歩いて来た男、この苦難をどう乗り越えるか。私たちは、心配しながらも見守るだけしかできないのだが。

この後、長男が七月に結婚式を挙げたというニュースが飛び込んできた。

二年前からロンドンの教会で結婚式を挙げる準備をしてきた。諸般の事情で、式は、二〇二〇年の六月に行うことになり、日本から行く家族のためにチケットを取ってくれるなど、さまざまな準備をしてきた。

甥っ子や姪っ子たちも英国行きを楽しみにしていたのだが、とうとう飛行機が飛ばなかったのだ。

でも七月に挙式をしたというビデオメールが届いたのだ。日本からは誰も行くことができなかったけれど、英国の教会で牧師さんや数名の友人たちとにこやかに写っているこのビデオメールは、私の宝物である。一日に何度も見てＢＧＭを聴いて、彼らのことを想っている。

お嫁さんは、高校生からロンドンに住み、大学、大学院を卒業して働いている中国出身の可愛い女性である。息子の夢や仕事を理解し、支えてくれている。私達が以前、息子の住むマンションに行ったときにあいさつをしていたのだが、その頃は、お友達だったということだった。日本にも何度か来ていて、息子が働いていた北海道の町や、山梨の美術館などを一緒に訪ねていたそうだ。

「十年来のＢＥＳＴ　ＦＲＩＥＮＤがＢＥＳＴ　ＰＡＲＴＮＥＲになった」のだそうだ。

四月の連休始めに来日し、我が家に寄ってからすぐ中国の家族に会いに行き、二人で帰ってきた。日本語もマスターしつつあり、話すたびに上達している。明るい人柄は、姉のバレエスタジオでやっているヨーガ教室で一緒になった生徒さんたちからも愛されている。息子にこんな素敵なパートナーを巡り合わせてくれた神様には感謝しかない。

それにしても人生の伴侶というものは、本当に巡り合わせである。

3．震災は二男の進路を変えた

結婚した翌年三月の東北大震災により、二男の人生は大きく変わった。叔父の下で医学博士をめざしていた基礎研究の生活から臨床の医師へと進路変更をしたのだ。

「死ぬかと思った。」

という大地震の後、大学の中での避難生活を余儀なくされた。生後四か月の赤ちゃんの世話を大学の先生が買って出て洗面所で沐浴させてくださったそうだ。どんなにありがたいことだったろう。

博士課程終了後、二十八才で十八才の学生たちと一緒に医学部を受験、そして同じく医学部助教になったお嫁さんと同じ大学で学び、働くために仙台市から弘前市に移った。青森では、二男に二男ジュニアが生まれ、四人家族になっていた。

私がこの家族の役に立てたと思うのは、たった一回だけ。二男ジュニアの出産のときである。

立ち合い産で分娩室に入った息子の代わりに五歳の長男と一緒に弟の誕生を待っていた。普段接する機会が少ないので、泣いてしまうかと思ったのだが、我慢強い長男は、ばあばと一緒にお絵かきをして待っていてくれた。

幸いにも安産でよかった。お嫁さんは、陣痛の合間にも論文を読んでいて、分娩室では、生まれたての赤ちゃんを

「可愛い」

とスマホで写していた。余裕の安産だった。ほんとにすごい！

そして二年間の研修医生活を終え、この四月からお嫁さんの実家のある兵庫県で晴れて医師としてスタートしたばかりである。お嫁さんも研究生活を続けている。

バイトもできない学生生活を支えてくれた賢く美しいお嫁さんに感謝するばかりである。彼らが基礎研究を学んでいた時、私は「日本のキュリー夫妻になってほしい」と願っていた。医学の基礎研究を学んだ二人は、これからきっと人類に役立つ仕事をしてくれるだろ

うと信じている。まだ医師として歩み始めたばかりなのでどうなるか分からないが、健闘を祈る。

二人は、子どもたちに自分たちのことを
「お父さん」

「お母さん」

と呼ばせている。若いけれどしっかりした両親である。

4．退職後の生活をどう過ごすか

夫は、退職後も週四日の勤務を続けている。埼玉県までの通勤は、大変だと思うのだが、人生の大半をサラリーマンとして通勤してきたせいか、その時間を楽しみながら過ごしているという。

そして、週の真ん中に取った休みや土日の休日に蕎麦打ちの修業や朗読会、科学館のボランティアなどを始めた。

彼はどんな老後を過ごすのかなと思っていたら、あっという間に休日を使っていろいろなことを始めていたので驚かされた。

蕎麦打ちは、検定試験があり、初段、二段とトントン拍子に進級した。ところが、昨年、三段をあと少しのところで逃してしまったので、今年は、三段に再挑戦と準備をしていたのだが、コロナ感染のために直前で検定が中止となってしまった。

蕎麦打ち修行をしてきた日は、夕食に蕎麦を頂くのが我が家の恒例となっている。お隣にもおすそ分けすると、お蕎麦が大好物だというご主人が海釣りで仕留めたいろいろな魚を奥様がさばき、ふぐ刺しのようにきれいに盛り付けたお皿を持ってきてくださるのだ。

またあまり自分のことを語りたがらない相方がなぜ朗読会に参加したのか聞いた。

それは孫達に絵本を読んであげたいという動機からだったそうだ。朗読会に参加したところ、声がいいからと褒められて視覚障碍者のために録音をする会に誘われたのだった。野球選手の名簿を読み上げるようなものから、テーマを与えられ、どんな内容にするかというところから考え、材料を探すというなかなか高度な時もある。

老人施設に紙芝居や童謡を持参して一緒に楽しむことにも活動が広がってきている。

Ⅶ　悠久の詩

何の宗教心もないのだが
なぜか古いものにあこがれていた
流行は追いかけない
京都や奈良を訪ねる古寺巡礼が好きなのだ
仏像の顔や寺の佇まい、
古を偲ばせる遺跡・旧跡に引かれる

Aneverlastingpoem ― 悠久の詩

1．インドネシアの旅

本物を見て描いた方がいいといろいろな方からアドバイスを受けた。インドネシアへの旅の構想を語っていたら、中学の美術教師杉山典子先生が

「乗った！」

と言ってくれたので実現したのである。

この絵描き二人旅は、本当に楽しくインドネシアの魅力を満喫することができた。バリ島では、杉山先生の知人の紹介してくれた方がガイドを務めてくださった。大賑わいの朝市をかき分けて教材になるものを手に入れたり、海岸を散歩したり、バチックという染物工場を見学したりした。

そして、ボロブドゥール遺跡のあるジャワ島では、素晴らしい日本語ガイドのバハルさんと運転手さんにお世話になった。バハルさんは、その後弁護士になった方で大変優秀な若者であり、日本語で毎年年賀状をくれる人だった。

私達の旅の後、インドネシアは火山の噴火で遺跡への立ち入りが禁止され、バハルさんは仕事を失い困窮していた。個展でバハルさんの娘さんの絵を描き、売り上げの一部を送

った。とても喜んでくれ、律儀な彼は、いつも遺跡の絵葉書でお便りをくれたのだったが、私は、その後インドネシアへの旅が未だ実現していないのだ。

（1）大みそかは大騒ぎのニョピ　そして静かな新年

この旅は、とても格安だった。何で格安だったのか？それは行ってみて分かった。行った日がちょうど大みそかだったのである。インドネシアの大みそかは、ニョピというねぶたのようなお祭りで大賑わいだった。張りぼての人形がいくつも大通りを練り歩く。スパイダーマンもいた。

そして、クライマックスは、その人形を激しくたたきつぶして悪魔払いのような儀式を行う。翌日の新年は、外出もせずに家で静かに過ごすのである。電気も消してひっそりと、観光客もホテル内でなるべく静かに過ごすのである。それで一日分（？）安かったのである。

私達は、ホテルのオーナー夫妻に自宅に招かれ、民族衣装を着せてもらったり、お礼に肖像画を描いて差し上げたりした。

この旅行は、独特の行事を知ることができ、授業でも紹介することができてよかった。杉山先生は、どの遺跡に行っても短時間でスケッチをして、さっと着彩していた。彼女の風景画は、とても素敵だった。

帰国後には、たくさん撮った写真を全部ＤＶＤに入れてプレゼントしてくださるなど、本当に心配りのできる方と一緒に旅ができて幸せだった。

（２）朝日を浴びるツアー

ボロブドゥールでスケッチをしていると、観光客が話しかけてきて、ほとんどスケッチは出来なかった。仏教遺跡なので、タイからオレンジ色の袈裟をまとった僧侶の軍団が来ていたり、インドネシアの中学生たちが観光客との会話を求めて来ていたりした。

ここでの一番の思い出は、真っ暗なうちから懐中電灯を頼りに出発する夜明けのツアーである。遺跡のてっぺんに腰掛け、みんなでご来光を待った。山の向こうに光が射してくるのを待ちながら、世界中の人たちと人種や宗教や言語の違いを超えて世界の平和と生命の安全を静かに祈ることの大切さを痛感した。

2.「悠久の詩」で描く世界

「悠久の詩」をテーマに描いた絵は、展覧会へ出品した後、美術雑誌でも取り上げてもらった。『花美術館』（蒼海出版）の二九、三八、四〇号の三冊に掲載されている。二十九号の特集「現代絵画―色彩と構図、斬新なプロセス」では、評論家の小出龍太郎氏から「必然的に生まれるイメージの色彩」という題で紹介された。「（前略）なかなか魅力的な絵の具の使い方がなされている。石の冷たさと、レリーフによる人体の筋肉の盛り上がりなども生々しく再現されている。装飾品や背景の、入り組んだ複雑さも巧くあらわされている。青色はこうした石像を描くとき必然的に生まれるイメージの色彩と捉えたい。込み入った構図と人体のポーズから力感と生命感が生まれてくる。顔の表情も生々しくて良い。（抜粋）」

（1）「悠久の詩」は震災に遭われた東北の皆様を励ます絵に

十年前の寒い三月に起きた大震災の後、東北地方の方々が悲しみを乗り越えて立ち上がろうとしていた。私の親族も医学研究の面から役立とうと設立された東北メディカル・メガバンク機構という大きな研究センターで働いている。その大会議室に「悠久の詩―行軍」の絵を飾っていただいている。外部からの来訪者にもよく観ていただいていると聞き、幸せな気持ちである。

「石仏はもう飽きたから変えようかな」なんて冗談でも言わないで（笑）

（2）明暗の無限性を追求

『花美術館』四十号の「色彩と光の饗宴」という特集で、評論家の鈴木輝實氏が「明暗の無限性を追求」というタイトルで紹介している。「本作はほとんどが明と暗のトーンで組み立てられている。背景を暗い平面に扱って、レリーフの群像を明るく浮かび上がらせている。明るい中には暗い色が効果的であるし、暗い中に明るいトーンも効果的だ。これらの明と暗の間にある世界には無限の美が秘められ、明暗の無限性を追求しているのが見て取れる。このモノトーンの世界には色をも暗示させてくれる不思議な能力が介在し、トーンの色調の変化が作りだす調和の美が感動的でさえある。（抜粋）」と書いている。

この石仏は、百号から五十号、また小品にも様々に描いている。

初めの頃は、ボロブドゥールの壁画通りぎゅう詰めに描いていたのだが、だんだん気に入った部分を描くようになってきた。色も土の色から私流の青い色に変わり、今も変容している。

「そろそろテーマを変えたら」

とアドバイスしてくださる方もいるが、恩師の松澤先生は、

「このシリーズを描き続けなさい。自分の色なのだから。そして画集を出しなさい。」

と、応援してくださる。

そして、平成美術会の会員として毎年平成美術展覧会にも出品している。

この絵は、市展で奨励賞を受賞した作品である。五十号の作品だが、別荘に飾るという方が購入してくださった。

県展や市展などに応募する作品は、五十号とサイズが指定されているので、その大きさにするために、「悠久の詩」の画面を半分に描く作品が多くなった。

（3）従者たちを描く

右の「馬上の従者」と左の「ショールをまとった従者」は、自分の青色で表現した作品である。

この馬上の従者のポーズは不自然である。振り向いた上半身と前向きの下半身は、ありえない形である。しかし、そんな常識的なことを忘れさせてくれるくらいの色彩でみるものを引き付けたいと描いたものである。

左のショールをまとった姿は、オリジナルな作品である。十号の「悠久の祈り」でショールをまとわせて描いたものを更に全身像にしたものである。ショールの色合いに青色がうまくはまった感がある。

（4）「偽・愛の語らい」

この王と王妃が睦み合う絵は、ボロブドゥール遺跡ではなく、同じくジャワ島にあるヒンドゥー寺院プランバナン遺跡のララジョグランの壁画の一部から連想した創作である。

初めてこの壁画を見た時、王妃の顔が険しいと感じた。この王妃は第二夫人であり、その右側に息子がいる。この絵には描いていないが百号には描き入れた。あわよくば、わが息子を王の座にという魂胆がある王妃を描いたものだ。正妻の子をさておき、わが子を王座にと狙う王妃の強い執念を果たして描くことができただろうか。

（５）新構造社ネット展　優秀賞「悠久の楽士」１００号

全国展には、新構造社の社員として毎年参加している。

コロナ禍の二〇二〇年、様々な展覧会が中止になる中、所属する新構造展は、インターネット上の展覧会となった。

そこで優秀賞を頂くことができた。

この展覧会は、ネット上で閲覧することができる。

「三人の楽士」の下にボロブドゥールらしい群像を描き入れてみた。この絵はまだ展覧会場で観ていないので、未完成状態とも言えるのだが、早くコロナが終息して完成させたい。

3．展覧会を通して学んでいること

（1）陽画会（毛内逸夫会長　講師松澤茂雄先生）

毎年一回開催する陽画会展は、講師の松澤茂雄先生と会長の毛内さんのお蔭で、千葉県立美術館を会場に立派な展覧会となって多くの皆さんに見て頂いている。

つくづく会長職は大変であると思う。その昔、青年学級の講座として始まった陽画会も今では壮年学級、いや老年学級に片足を踏み入れそうな状態である。

しかし、毎年観てくださるお客様の感想に励まされ、毎回充実した内容である。

毎年この展覧会に出品するのがやっとだった私も、

気が付けば、名簿順で上から二番目、副会長の順位になってしまった。

陽画会に入会したばかりの頃は、毎月、先生のご指導を受けて人物画を描いていた。子育て中だったので、宿泊を伴うスケッチ旅行には一回も参加できなかった。

夜間の教室だったので、仕事を終えた後の人たちがスーツ姿のまま来ていたり、油絵は描かずスケッチだけやる人もいたりした。

多くの方々が十号程度の小さな絵を描いている中、三十号のような大きなキャンバスを持参して、シャカシャカ絵筆を動かしていた。

恐れ知らずの図々しさで「早描き得意の野獣派」などと言われ、呆れられていた。左の絵は、当時の作品を描きなおして最近の市展（二〇二〇年）に出品したもの。パリオペラ座のエトワール「ピエトラガラ」

（2）「悠久の詩」シリーズの作成

右側の絵は、『花美術館』三十八号の「現代絵画―純粋なる美　生命の光芒」という特集で、「風化したレリーフの質感」という評論を鈴木輝實氏が書いている。

「（前略）作者は、「「青い海」は母なる生命と解し、これから生まれる仏陀誕生の「青い色」と重ね合わせているのであろう。風化したレリーフの質感を出すために布のコラージュを施している。加えて下地の色に黄色系が潜んでいるが、カラフルな感じは抑えられている。神秘的で悠久の歴史さえ感じられてくる力作である。」

（3）二度の個展　二〇一〇年、二〇一五年

二度の個展は、画廊ジュライ（千葉市中央区）のお世話になった。初個展は、退職した年の九月で、今まで描き貯めた絵を展示した。松澤先生が、個展の案内状に次のような言葉を寄せてくださった。

「初めての個展と聞き、中央区椿森のアトリエを訪ね、額縁に入った発表作品の大方を拝見しました。五〇号の「ノスタルジア」「悠久の詩」、二〇号の「若葉の詩」、一〇号の「瞑想」。六号の「ラビアン・ローズ」、四号の「焼いた花瓶に似合う花」など多彩です。作者の絵は、現実の再現的描写にはとらわれず、モチーフから受けた感動とその造形表現の追求に支えられているように思います。今回の個展が次の飛躍のきっかけになることを期待します。」

そして、二度目の個展は、「悠久の詩」シリーズを中心にした。

4．恩師松澤茂雄先生のご指導を受けて

松澤茂雄先生は、千葉師範学校の出身で日動画廊の現代裸婦展でグランプリを受賞した千葉県の誇る画家である。先生のご指導を受ける画家の仲間はたくさんいるが、私も陽画会という絵画グループで教えていただいている。九十歳を超えたとは信じられないお元気さ、そして記憶力のすばらしさ、技量の確かさで松澤先生にご指導いただけるのは、私の人生で本当に大切なことである。

お宅を訪ねると先生は、アトリエでいつも画集を開いている。そして、絵の会では単に絵の指導だけでなく、時々、「松澤美術講座」とも言うべき講座を開いてくださる。そのたびに画集からテーマに沿った絵画や評論の資料を配布して講義をしてくださるのだ。美術大学に行った以上の学びが得られるのは言うまでもない。

今年もコロナ感染予防のため、毎年十二月にやっている忘年会ができず、簡単な茶話会をすることになった時のこと、先生も参加してくださった。

「造形表現について話しますからスケッチブックなどを用意してください。」

とおっしゃって、各自持参した写真を使い、できるだけ小さく描くエスキースの練習をした。

この時、持参してくださった資料の「陰影礼讃」という文が素晴らしかった。

「『陰影礼讃』（谷崎純一郎著、中公文庫刊）を読みだすと、その一行一行が心の底にしっとりとしみ通ってくる。この素晴らしいエッセイが書かれてから八十年近くの歳月が経つ。その間の、急速で高度な文明の発達は、我々の生活のすみずみから、ほの暗い場所をアッという間に追放してしまった。日本人の体質の奥深くには美の受容に際して陰影に引かれてゆくものが今なお根強く残っているのではあるまいか。

私はこのところ人物（裸婦、着衣）をモチーフに描いているが、その興味の中心は女性の裸婦そのものより裸婦という舞台でひそやかに演じられる光と陰のたわむれの、そのほとんど愉悦的な表情にあるのだといいたい。

陰影礼讃

美は物体と物体の作りなす陰影のあや、明暗にある」と信じているのである。とらえたいとみえて限りなくのがれていくもの、それは光と陰。そして女。私の鉛筆は今夜もまたそれら変幻のあやかしを追ってその不実にため息をつく。（１９２９年　千葉県生まれ、洋画家、無所属）」

5．絵のＨＰができた

ロンドンに行った息子のお蔭で、絵のホームページができた。ありがとう！
絵にまつわる話は、ここで観て頂ける。

二〇二〇年は、コロナの影響を受けてさまざまなイベントが中止になった。絵画展も同様である。展覧会が無くなった分、いつもよりじっくりと絵を描くことができた。
そしてつぎのような取り組みを行った。

（１）歌声ライブハウスゴリでチャリティー絵画展

大学時代のサークル活動の歴史本『寒川セツルメント史―千葉における戦後学生セツルメント運動』（本の泉社）の出版に向けた会議で船橋に行くたびに「歌声ライブハウスゴリ」を訪ねた。私たちの学生時代に「うたごえ」がとても盛んだったのはなぜかリサーチしたかったからだ。

ゴリは、新宿の「ともしび」や仙台の「バラライカ」と並ぶ、歌声喫茶のお店である。

そのゴリの店主であるゴリさんが四年前に病気で亡くなってしまったのだった。このお店がつぶれようとしていた時、スーパーウーマンのような山中秀子さんがゴリさんの意志を継いで再開したのだった。私は、秀子さんの男気に打たれた。

しかし、コロナ禍でお店は休業に、しかも大きなエアコンが壊れてしまうというダブルピンチ。

「悪い夢を見ているのではないか。」

という店主の嘆きに、何とか自分なりの応援ができないかと考えた。世の中、カンパの要請ばかりであるが慢性的金欠病の私はそれに応えることが難しい。

ゴリ夫人も画家だったので、店内には大きな絵が何枚も飾られていた。その絵を私の絵に替えてもらい、チャリティ絵画展をすることになった。

夏休みの一日、店主のご主人が我が家まで絵を取りに来

てくれ、店内に展示してくれた。歌声を楽しむお客様たちの邪魔にならない程度の大きさの絵を十枚ほど飾った。

私の話を聞いて仲のよさそうなご夫妻が水郷風景の絵を買ってくださった。司会者のお一人がピエロの絵を、そしてハングル講座で一緒の先輩も「ラビアンローズ」を買ってくださった。お任せというので、元気なバラの絵を選んだのだが、その直後に

「バラの絵ほしかったんだよな。」

と大学の大先輩が・・・。（早く言ってください！）

「四枚目の絵は、僕が買います。」

と、ある常連さんがせっかく言ってくださったのに、ご家族の賛成が得られず、残念なケースもあった。鳥かごの絵だったのだが、

「家で毎日絵を見る私の気持ちも考えて。」

と言われたとか。なるほど、奥様を家に閉じ込められた気持ちにしては申し訳ないことだ。どんなテーマがいいのか、考えるヒントになった。

買っていただくたびに絵を架け替えさせてもらっている。

そして台湾の九份の窓辺や中国の蘇州夜曲に謳われる水郷風景、五月のバラに合う「ラビ

アンローズ」と名付けたバラの絵などを話題にしながらお客様に歌声を楽しんでもらっている。

（2）可愛い美容室に飾っていただいた絵

またうたごえゴリの司会者梢あぐりさんの紹介で、本八幡駅近くの美容室「ディジーサロン」の店内にも私の小品を展示させていただいている。青い扉の入り口を入ると白い壁におしゃれな飾りつけがされており、その中に私の四枚の絵も仲間入りさせていただいた。

大学の先輩が早速観に行って

「今度は個展を希望します。」

と書いてくださった。なんとうれしいお言葉！

Ⅷ　自分探しの旅

1. 小学校から短大へ

私も本職の短大での講師を十年間続けてきた。小学校教員をめざす学生たちに、自身の小学校での教育実践をもとに生活科という教科の楽しさや奥深さを伝える仕事である。所属する研究会での実践発表や研究紀要の執筆などにその足跡を残してきた。内容はともかく、毎年必ず、こつこつとまとめてきた。

なぜ研究者の端くれにいるのか？

小学校教員時代の後半は、研究関係の仕事が増えてきた。自身の出身大学に昼夜間の大学院ができ、すぐ近くの小学校に勤務していたことから幸運にも夜間の大学院に通うことができた。まったくの幸運としか言いようがない。

学生時代、サークルや自主的な活動で忙しく、多分、最低の単位数で卒業したためか

「単位が足りない。」

と夢から飛び起きることが時々あった。

「大学に行かない。行く意味がわからない。」

と言い張る長男の代わりに

「いいよ。ママが行くから。」

と大学院に四十代後半で挑戦したのだ。

私の世代には、中高年になってから大学に入り直したり、大学院に行ったりする人がいる。人間、いくつになっても向上心や学ぶ意欲があるということだろう。

息子には、社会人になる前に大学の四年間という自由な時間をたっぷりと味わい、いろいろなことに挑戦し、生きる意味を考えてほしかったのに、そのせっかくの機会を棒に振る息子に学ぶことの意味を伝えたかったのだ。

誘ってくださったのは、私が学生当時に、若手教員だった水内宏先生だった。教育学部長になられていて、連合大学院や教育学研究の新しいコースを次々につくるなど、素晴らしい活躍ぶりだった。

数年前に不登校の問題に対応する学校臨床という専攻分野が特設されたときにも誘っていただいたのだが、学校でも問題行動に追われ、家でも子育てに悩み、さらに研究分野まで悩ましいのは当時の私には無理だと思い、断念した。

その二年後に、「今の授業の問題点を洗い出して新たな授業の創造を」というカリキュラム開発専攻ができたと聞いた時には、自分の希望にぴったりでやりたいと思った。

スポンサーは父だった。というのも兄と弟がともに医学部で六年間、あるいはそれ以上の学費を仕送りしていたので、私にも同じように出してくれるということだった。なんと恵まれた環境にいたことか。

その出来立てほやほやの教育学研究科の一期生になれたのは、私のその後の人生を大きく舵取りするものとなった。

今回は、家族の反対はなかった。高校三年生の二男は、

「弁当など食事のことをきちんとしてくれればいい。」

と言ってくれた。

夫も私の向上心には、一目置いてくれていたので、もちろん呆れながらも何も言わなかった。

昼夜間大学院での二年間の凝縮した学びは、とても面白かった。

研究室では、自分のテーマにそった三十時間ほどのカリキュラムを作って修士論文にまとめる指導を受けた。また授業の選択では自分の希望する講義を受けることができ、現場

では学べない教育理論を学んだ。こんな自由な空間を満喫できたことに感謝以外の何物もない。

ある授業は、担当教官と一対一で夜遅くまで研究室でお茶を飲みながら語り合った。大学の先生方は、現場の教師から得る情報を求めており、定期的な全体研修では、先生方からの質問が矢のように続いた。この一期生十名は、それぞれが独自なテーマを持っていて、それも興味深いことだった。指導してくださった先生方のお蔭でやっと完成した修論をもって、私は晴れて大学を卒業した気持ちになれたようなものだった。

この新しい授業の創造ということは、いつも頭の隅にあり、その後の小学校の教育実践で全国的な教育賞をいただき、短大の仕事に就くことができた。


小学校の教員にはなりたくなかった。教師という仕事が嫌だった。嫌いな先生の授業や言葉が頭に残り、高校の先生から教育学部を勧められた時には、ちびまる子ちゃんの顔にすだれが走ったように青ざめた。

しかし、希望大学に入れなかったため、滑り止めの教育学部に入学した。入試では、三校も落ちてしまったため、滑り止めでも泣いて喜んだのだった。

文学部に入りたかったのだが、教育学部では九〇パーセント以上の合格可能性が出ても同じ大学の人文学部では、六〇から七〇パーセントしか出ない。なんとか人文学部に入りたいと二期校の信州大学の人文学部を第一志望にした。ここは、受験科目の社会科が二科目もあり、大変だった。しかし、暗記教科で勝負するしかなかった。

というのも恐ろしく理数科目ができなかった。ある時、旺文社の模擬テストの数学で〇点を取ってしまった。しかも白紙ではなく、全問回答してのことである。国立大狙いでそれは致命的であった。

担任の先生が、安い私立大を探してくれたのが、なんとＩＣＵ（国際キリスト教大）であった。合格した先輩から英語の参考書などを借りて一生懸命勉強したが、英語の本番の前の一次試験で落ちてしまい、せっかくの英語は活かせなかった。というのも一次試験の一般教養テストは、人文科学、社会科学、自然科学の三科目で三教科とも平均的にできないとだめだった。私は、自然科学が落ち込んでしまっていた。今のＩＣＵ人気を見るにつけ、ここに入れたら別の人生が開けたに違いないと思う。

2．合格電報は赤い鶴の封筒に

試験の結果について、田舎なので電報を頼んだ。W大学は、学生アルバイトが送ってくれた「アウト」「セーフ」のそっけないもので、四角く畳んだ白紙を配達員が何も言わずに届けてくれた。恐る恐る開けてみると

「アウト！」

二敗の後、滑り止めの一期校教育学部の結果は、玄関に座り込んで待っていた私にもすぐわかる赤い鶴の封筒に入っていた。郵便局もなかなかやるじゃん！

そして本命の信州大学の合格電報は、「こまくさの花開く」だったが、私が受け取ったのは、「信濃路の雪深し」なかなか粋な文面だった。

信州大では、寮の部屋に泊めてもらったのだが、半纏を着た寮生たちの歓迎がうれしかった。夜中に懐中電灯を持って炬燵の火を確認に来る姿やどんぶりに大盛りご飯の寮食など、楽しそうだった。

3．「でもしか先生」にでもなるしかないか

大学四年生になっても、教員採用試験を受けていなかったのだが、付属小学校に教育実習に行ったとき、担当のK先生に実習記録を

「ナイスフィーリング！」

と褒めていただいたことがきっかけで遅ればせながら東京都の追加募集の採用試験を受けた。「豚もおだてりゃ木に登る？」まったく単純な話である。

K先生は、まもなく東京の私立小学校に移ってしまったのだが、付属小のある年の公開研究会で偶然お会いする機会があった。先生に褒められたことがきっかけで教師になったことを伝えると、

「そんなこともあったかな。」

と笑っていた。

毎年、大勢の学生が実習に来るので、きっと覚えてはいないだろうし、それは当然だと思うが、先生のお蔭で私も先生になりました。ありがとうございました。

当時も大学院に行きたいと漠然と思っていたが、全く勉強が足りず気が付いた時には間

に合わなかった。はたと気づき、教員の仕事に逃げたという面もある。

しかし卒業と同時に結婚したため、妊娠中の新卒者であることを理由に東京都の採用は取り消されてしまった。

千葉県の二次募集を受けようとしたが、

「ないよ。」

という学友の言葉を信じて受けなかった。実際はあったというので残念な話ではあるが、自分で確かめなかった私が悪いのである。

当時、東京都と千葉県では、月給が一万五千円も違い、千葉県を馬鹿にしていたこともある。同じクラスで千葉県に就職したのは、地元愛にあふれる人か相当な茶箱入り娘くらいであった。

更に運の悪いことに翌年の採用試験が出産月と重なり、なかなか正式採用にたどり着けなかった。なりたくないと思っていたのに、いざなれないとなると不思議にファイトが沸いてくるものである。でも一歳の赤ちゃんを抱えての東京への通勤は不可能だった。

市内の仕事でも通勤が精一杯で、娘は船橋の親戚の家に随分預かってもらった。三人娘がいるその家の四女として娘は育てていただいたようなものだった。

そして天職かと思った小学校教員の仕事からやがて研究職に向かったのである。

定期異動がうまく行かず苦労したが、大学のすぐ近くの小学校に勤務することになったのが私の行く道を明るく照らしてくれたような必然だった。この異動の時期、励ましてくださった方は、小学校教員の世界で最も尊敬できる清水敬先生であった。とても厳しくいい加減なことをすると雷が落ちた。

「でも先生！」

と食い下がると、面白がって研究の道に誘い込んでくださった。心から感謝している。

また大学のすぐ近くの小学校に勤務していた時、昼食に出てきた教育学部長の水内宏先生と再会し、その後大学院に通うことができたのは、ラッキーとしか言いようがない。

水内先生には、以前、大学の先生方が作った千葉県教育文化研究センターの季刊「ちば教育と文化」という雑誌の編集委員に誘っていただいた。この雑誌作りは、文学部志望だった私の夢も希望も叶えてくれる活動だった。書評、インタビュー、企画、編集会議で経験したことは、その後の私の財産になった。

今、この研究センターの活動がメンバーの高齢化などでピンチを迎えている。「ちば教育と文化」は、九六号まで出た。私が編集委員をやらせてもらっていた時からご一緒だった宗形正誼先生がずっと編集長で頑張ってこられた。途中でリタイアしてしまったことを申し訳なく思っているが、百号目指して編集部や所員の方々が奮闘中である。頑張れ！

4．研究心の芽生え

研究心が芽生えたのは、定期異動がうまく行かず、特別支援学級の教員になったことがきっかけだった。普通学級から障害児学級への移動で大きな刺激を受けた。

自分は真面目で頑張り屋だからどこでもやれると思っていた。しかし、重い障害を持つ子どもの親の中には、すごい人がいた。もし、そんなことがなかったら特別支援の仕事を続けてもいいという気持ちがなかったわけではない。でも障害児教育の難しさは、子どもだけではなく親の気持ちも理解して共に教育を考えていかなければならないところにある。子ども達とは仲良くなれても研究校の忙しさや個別教育に必要な丁寧さ、チームでの活動などの前に自分は非力だった。立場を変えて考えてみると、多くの男性教員に囲まれ、母親である私がフルタイムで働くことができ、三人の健常児を育てているということの幸せを認識できていなかったのだ。自分では、子育てに必死で、他の人の気持ちを思いやることもできなかったのだ。

　普通学級へ戻りたいという願いを聞いてもらえたお蔭か、その後、この小学校での五年間の普通学級での教育実践は、自分の中で本物の教師になった最高の実践だと思っている。この学校での七年間は、私が教師として一番力量を付けた時代であった。

校長先生、教頭先生、給食室の調理員さん、先生方、保護者の皆さん、子ども達、みんなでつくる学校だった。

「教えるとは希望を語ること、学ぶとは誠実を胸に刻むこと」

　このルイ・アラゴンの言葉を座右の銘にしていたはずの私は、希望を語る教師であろうとしていたが、希望を語ってくれたのは、子ども達だった。私は、その声を自分の胸にしっかり刻み付ける必要があった。


　もしこの学校で働くことがなかったら今の自分はないだろう。

　特に、この二年間の特別支援学級での経験はその後の教育実践に生きている。

　障害児学級での生活単元学習は、四季折々の年中行事を柱にしながら、数と言葉などのレベルに応じたグループ学習、体育や音楽などのダイナミックな合同学習、これらの学習は、平成元年に誕生した生活科の学習のもとにある。

大学院での授業づくりも「生活科を中心とした他教科との関連的な学習」といういわゆる合科的な学習内容であった。そして今、短大の教員として生活科を担当している。

いろいろな人との出会いが自分を鍛えてくれた。

5．自分のやりたかったことは何か？

本当に自分のやりたかったことは何だったのか。随分遠回りして見つけることができた。もう少し早く気づくことができれは良かったのにという気持ちがいつも私にはある。

「あと十年早ければよかったのに。」

しかし、小学校での子どもたちとの楽しい実践、三人の子育て、絵画表現とやりたいことを試行錯誤しながらも様々にやってくることができたのは、どこまでも幸運であり、周りの人々に感謝以外の何ものもない。

その時々、一生懸命考えてやってきた必然としての生き方なのだから、「今やっている

ことと自分の選択は、これでよかったのだ（と思わざるを得ない）」と、自分を諦めさせている。でも納得はしていない。

教育実践の奥深さ、三人三様の子ども達の予測不能の歩み、自分自身の求めて止まない向上心、欠点も持ち合わせた私の活動を自分勝手だと呆れながらも陰で見守ってくれた相方の存在、私を取り巻くすべてのお蔭で幸せな自分探しの旅を歩んで来ることができた。

ある年のお正月、各地から集まってきた家族が大好きなパスタ屋パッセジャータの大きなテーブルを囲んだ時、いつの間にか五人家族が十二人にも増えていたことに驚いた。そして、子どもたちが仲良く語り合っている。

私達がいなくなった後も家族の営みは、こうやって続いていくんだなと感動した。

この十数年の間に、私達の両親は、皆亡くなった。父の葬儀では、相方がりっぱな弔辞を読んでくれた。母の葬儀では、子ども達が皆、スピーチをしてくれた。

そして三人の子ども達にそれぞれの伴侶ができ、四人の孫たちに会うこともできた。私たちの遥かなる旅は、この孫たちに出会うために始まったのかもしれない。

6．節目の年にコロナ禍が　二〇二〇年

二〇二〇年、今年はまた家族の大きな節目の年になるはずだった。長男の結婚式に皆で英国に集まる計画だった。ただ今、世界を震撼させている新型コロナ感染のために、ロンドン行の計画はいまや不可能に近づいてきている。

しかし、この苦難を子ども達が必死で乗り越えようと格闘している。

今年、はたと気づかされたこと、それは、自分では実年齢よりまだまだ若いと思っていた私達が、子ども達から心配される存在―高齢者になってしまっていることだった。

引越しや転職、子ども達の転校、転所などで忙しい二男のお嫁さんからウィルス対策のグッズをいろいろと送ってもらった。

医師になった二男は、私達の健康診断の結果を見て、主治医になってアドバイスしてくれている。

ロンドンの長男からも心配するメールが毎日のように届く。映画を見に出かけた話なぞしたら
「そういう自分勝手な行動が感染を拡大するんだ。」

と喝を入れられてしまった。

「でもウオーキングはした方がいいよ。」

とも。彼も毎日一回は、外を走っているとか。

普段、オタクの私はちっとも散歩をしないのに、はたしてこの自粛の日々に歩いていいのだろうか？しかし、スポーツジムは閉まっている。

そうだ！

「老いては子に従え」

なのだ。わかりました。そうしますよ。

それから近所の千葉公園を歩くようになった。花咲く五月、美しい花々を愛でながら汗をかいている。

7. 長男の結婚式　二〇二一年

コロナ禍のために六月の結婚式には、日本から誰も行ってあげることができなかった。

二年前からいろいろと準備を重ねてきたのに、飛行機のチケットも取ってくれてあったのに本当にかわいそうなことをした。

しかし、七月に友人の立ち会いのもとで無事に結婚式を挙げた報告が届いた。素敵なBGM付きのDVDを毎日見て、彼らのことを想っている私である。

ロンドンの二人とは、毎日のようにビデオ通話をしている。

大きな大きな赤ちゃんで生まれ、やんちゃ坊主だった長男にこんな素敵なお嫁さんをありがとう！ママは感謝してもしきれません。

大学の食堂での結婚式から始まった私たちの遥かなる旅は、四十数年も続いて来た。風前の灯のようになったことも、困難をバネに盛り返したことも、整理しきれないほど沢山の写真に思い出が溢れている。そして気が付けば、遥かなる旅は子ども達に引き継がれ、これからも世界の各地に広がって行くことだろう。離れていても心はひとつ。困難な時代もワンチームで頑張りたい。

Ⅸ　絵本にしたい孫との話

ザリ君の目はビー玉
―ぼくとばあばのザリガニつり―

本章は、絵本の賞に応募したものをそのまま掲載しました。

プロローグ

「あっ、ママだ。またあしたね」
保育園の帰り道、ママの車とすれちがうとき
ぼくは大きな声でさけんだ。
そうなんだ。
朝、「行ってきまあす」を言ってから
次にママと会うのは、明日の朝。
すごく長い時間、ママとは会えないんだ。

ぼくが美しが丘保育園の近くに引っ越してきたのは、
5さいのときだった。
ぼくのママは、バレリーナ。
時々舞台でおどるけど

いつもはバレエ教室の先生。
朝のおとなクラスと夜の子どもクラスの両方を教えているから
夕方にはもううちにいない。
そして
「ああ、つかれた」
って帰って来るのは、僕たちが寝た後の夜中近く。
だからぼくと妹は
明日の朝までママに会えないんだ。

それで千葉のばあばがお手伝いに来てくれる。
月よう日と水よう日と金よう日。
妹のみこは、生まれたときからずっと
ママのいない夜をすごしてきた。
さびしがりやのみこは、

ママのようふくのいいにおいをかぎながら
「ママ大すき」

っていつも言ってがまんしている。

でもママとバレエのレッスンができる日があるからいいよな。

ぼくだって・・。

「バレエなんて女のすること」

ってわらわれたからやめちゃったんだけど
男の子がもうひとりいれば続けていたかも。

ばあばと体操教室から帰る日は
いつもバレエ教室の前を通る。
明かりがついていると
窓に向かっていつも二人でさけぶんだ。
「ママ、おしごとがんばってぇ」
とどくといいなあ、ぼくたちの声。

いくらばあばが来てくれても二人はさびしい。
だからぼくたちとばあばは、
夜いろんなことをしてすごす。

小学校の先生だったばあばは、
ばあばにしてはちょっとわかい。
「ママのおねえさん？」
て聞かれることも。
ぼくたちが
「ばあば、ばあば」
ってよぶと
「年取っちゃうからなぎささんておよび」
っていう。
でもぼくたちは、すぐ
「ばあば、あっ、なぎささん」

「やっぱりばあばがいいや」

ばあばは、なんでもできるから
ぼくたちにいろんなことを教えてくれる。
お絵かき、なわとび、トランプ、地図のジグソーパズル
ばあばの料理の一番は、
ぼくたちが大すきなたまごやき。
でも時々こがしてにがいときもある。
三食そぼろのおかげで、ほうれん草が食べられるようになった。
でもしいたけだけはだめだ。
気絶しそうだ。
「いつも野菜サラダから食べるのよ」
っていうから守ってる。
ポテトサラダは、みこも大すき。
年長さんになったぼくは

ほうちょうがつかえるようになった。
ばあばが教えてくれたナスのみそいためを
パパとママにつくってあげたら、
大喜びしていたよ。
でも一度フライパンを落としちゃったときは
ほんとにこわかった。
保育園の卒園式のとき、ぼくは
「将来のゆめは料理人」
って言ったんだ。
でも、ゆめは、どんどんかわるけどね。

みことばあばは、いつもピアノのれんしゅう。
みこは「ネコふんじゃった」がすごくはやくひけるようになったよ。
ぼくとばあばは、ボール投げ。
ばあばより強い球を投げられるようになったからドッジボールがとくいさ。

それからかべあてシュートごっこ。
カーテンの上までとどくようになったよ。
ごみばこの中にすっぽり命中さくせん。
いすの足の間をとおすボーリング。
さむい外でもサッカーしたり
なわとびしたりして
毎日いっぱいあそんだよ。

小学校に入学したら、学童ルームにお迎えにきてくれた。
そしてお勉強もはじめたよ。
夕ご飯の後は、
お風呂の中で楽しくあそぶんだ。
タオルからぶくぶくあわ出しごっこや
「せっせせえのよいよいよい」の手遊び歌を
大きな声で歌うんだ。

最後は、ばっしゃーんてお湯かけごっこ
みこは「アルプス一万尺」が大好き。
英語の歌もいっぱいおぼえたよ。
一番最後に英語で三十数えてからあがるんだ。

ふとんに入ると毎晩絵本を読んでくれる。

そしていつもこういうんだ。

「いいゆめ見てね。また水よう日あいましょう。」

って。

それも英語なんだ。

「日本語で言ってよ」

って、僕はいつも文句を言う。

ばあばは、もう一度やさしく言ってくれる。

「ろうかの電気は、消さないで。

本ばこの上の小さい電気もつけておいて。こわいから」

そうだよ！ぼくは、こわがりさ。

ザリガニつりの話

ぼくは、夢の中でばあばとザリガニつりに出かけた。

ばあばは、小学校で「ザリガニ先生」ってよばれていたんだって。

ザリガニが大、大、大すきなんだ。

今は、大学の先生で
生き物の勉強を教えているんだ。

「そうし、ザリガニつり行こうか」

ぼくが返事をする前にみこが口をはさむ。

「わたしも行く」

「ふん、するめが食べたいだけだろう」

なんでもまねしんぼの妹には意地悪をいいたくなるぼく。

ぼくんちの裏には、「せせらぎ」っていう小さな川がある。
大きな石がおいてある向こう岸に跳んで渡れる。
ちょろちょろ流れる川で浅いからおぼれる心配はない。
せせらぎには、ケースをもった子どもたちがいつもいて
水の中をのぞいている。
すきとおった川の中には
いろんな生き物がいるんだ。
小さなどじょうや小さなえびや小さなタニシも。
そばの土手には、キジが来ることもある。
ぼくとばあばとみこの三人で
歌いながら歩いていく。
ばあばのお友だちで
ピアノがとっても上手なけいこ先生が
ばあばといっしょにつくってくれた歌なんだ。

たんけん

何がいるかな　どろの中
だれと会うかな　池の中
気持ちがいいな　水の中
タンタンタンたんけん！　楽しいな
（ダンダダダダダ　ダンダダダダダダ）
タンタンタニシ　イモイモイモリ
メンメンメダカ　おたまじゃくしは
カエルの子　ヘイ！
アメンボスイスイ　（アメンボスイスイ）
ドジョウぬるぬる　（ドジョウぬるぬる）
大きな口のコイコイコイ
するどいツメのゲンゴロウ
サッとつきさすサギのくちばし・・・（グルルルルルルルー）

水の中はキケンもいっぱい！
ビー玉の目でよく見てたんけんだ

この辺りは、むかし沼地だったんだって。
近隣公園の大きな池まで「せせらぎ」は
ずうっと一本道で続いている。
そばの散歩道もずっと続いているから
毎日いろんな人が通ってる。
放課後の待ち合わせをした小学生がたくさん
水の中をのぞきこんでいる。
夕方になるともっとにぎやかだ。
くしゃくしゃ顔の犬をつれた女の人や
見回りのおじさん、
保育園のお迎えのお母さん、
自転車にのった高校生もたくさん通る。

日が暮れると会社帰りの人たちが
駅からどっとおりてくる。
「なにをつってるの？」
声をかけてくれたのは、中国出張から帰ってきた
となりのおじさんだった。
「ほう、ザリガニか。がんばってな。」

知らないおばさんが教えてくれた。
「むかしは、バケツいっぱいにザリガニがとれたよ。
家に持って帰ってゆでて食べたんだよ」

みんなにこにこ顔で通って行くんだけど、
おこり顔のおじいさんもいた。
「おい、そんなにとったらだめだろう。
ザリガニがいなくなっちゃうじゃないか。

学校に電話して文句言っといたからな。」
ぼくたちは、こまってしまった。
そのとき、ばあばがこう言ってくれたんだ。
「ザリガニは、一匹のお母さんから
一度に百こもたまごが生まれるんですよ。
だから子どもたちがいくらとっても大丈夫ですよ。」
おじいさんは、しぶしぶ顔で行ってしまった。

たまごはっけん！の巻

ぼくは、ザリガニのおかあさんをつったことがあるんだ。
それも二回。
はじめは、なんだかわからなかった。
黒くて大きなザリガニだった。
ケースがたりなくなったので、ママがいつもグラタンを作る白いおなべをかりたんだ。
いきおいよくおなべにザリガニを放したら
黒いごまつぶみたいなのがたくさん出てきた。
なんだろう、気持ち悪いっておもったけど
ほおっておいた。
少したって見に行ったら
あれっ！ごまが五つぶくらいしかない。
「おかしいなあ。
　どこにいっちゃったんだろう」
ザリガニをひっくりかえしてよく見たら
おなかの下にみんなくっついていた。
「そうか。おかあさんだったんだ。
　おかあさんは、たまごをまもっているんだ。」
そのあと、毎年さがしたけど
たまごはなかなかはっけんできなかった。

たまご

ザリガニのたまごは黒いつぶ
母さんザリのしっぽの近くに
ぎゅうぎゅうづめにくっついて
母さんザリは　たまごをかくしてる
ゲンゴロウにたべられないように
たまごをまもってる
黒いたまごが白くなって
黒いたまごが白くなって
あっ　生まれるよ
ザリガニザリガニザリガニザリガニ　ザリガニ！
さあ　たんけんのたびにしゅっぱつだ！
「ばあば、用意お願い」

ぼくとばあばとみこは、たこ糸にするめをつけて
ザリガニつりに出発！
七さいのぼくは、ばあばにたよってた。
バケツもあみもみんな用意してもらってた。
それにほんとはぼく
ザリガニをつかめなかったんだ。
だって・・・

アメリカザリガニは、きょうぼうだ。
つっている間にバケツの中で
もう共食いをしていることがある。
「大変だ！早く家にかえって
　広いところに出してあげないと」
ザリガニは、たらいの中に入れると
生き返ったように動き出す。気もちよさそうだ。

ぼくがさわろうとすると
わあっとはさみをふりあげてくる。
だからぼくはこわくてだめだ。
それなのにザリガニは、はさみを上げすぎて
自分でひっくりかえってる。
小さな足をバタバタさせて起き上がる。
なにかが近づくと後ろにとびのく。
よけいこわくてつかめない。
「どうしよう。」

妹のみこがちびザリをつかんだ。

「おい、こわくないのか」

「みこ、へっちゃらだよ」

おてんばみこは、つることはできないけど
つったザリをあみから出すことができるようになった。

自信をつけたのか、だっぴしたてのやわらかいザリにもなれてきたようだ。
「ぼくより先につかめるなんて生意気だぞ」
「それならお兄ちゃんもつかんでみたら」
なんて涼しい顔でいう。
「生意気なやつめ。ううん、どうしたら
つかめるようになるんだろう。」
ばあばが「必殺わりばしづかみの術」を教えてくれた。
「でもそうっとつかむんだよ。
元気なザリはいいけど、だっぴしたての
やわらかいのはそおっとだよ」
ほんと、わりばしのおかげで
ぼくもザリガニにさわれるようになった。
ばあばがザリガニ言葉の歌を
教えてくれた。

「言葉遊びの時間に、ザとリとガと二で
つくった歌だよ。
ラップで歌うんだよ」
ばあばは、そのころラップってなんだか知らなかったから、
サランラップのことかとおもっちゃったんだって。
今は、とってもはやっているけどね。
まあ、早口言葉で歌うんだよ。

友だち見つけた

ザガニザガニ　ザリガニ言葉でこんにちは
ガ二ザガ二ザ　君とあえてうれしいよ
おんなじはさみ　チョーキチョキ
チョッキチョッキ　チョキチョキチョキ
おんなじ足だ　ガー二ガ二

ガーニガーニ　ガーリック
おんなじこうら　ザーリザリ
リザリザ　リザリザリ
おんなじひとみ　クルルンルン
クルクルビー　**ブーーン**

「ここはくちびるをつきだすんだよ。
　誰が一番長く鳴らせるかな。」
ばあばが思いっきりくちびるを鳴らした。
おもしろい顔。
ぼくとみこも思いっきりまねした。

きみとあえてうれしいよ
ぼくだって　うれしいよ
いっしょにあそぼ　いっしょにあそぼ

あそぼ　あそぼ　あそぼ　**あそぼ**
ザリザリするものよっといで
「掛け合いで歌って最後はかくれんぼするみたいに歌うんだよ」
って、ばあばがうんと高い声で歌った。
ぼくとみこも目をうんと上にむけて
高い声で歌った。

ザリガニ名人への道

それから毎年五月になると、

「そうし、今年もお願いね」

ぼくは、ばあばにたのまれた。

ばあばは大学の授業で、大学生のお兄さんやお姉さんたちと
ザリガニで遊ぶんだって。

ぼくは、そのザリガニを用意するかかりだ。
毎日少しずつつかまえてケースに分けておく。
ザリガニは、自分のすみかをしっかり守りたいんだ。
だから一ぴきずつわけておかないとども食いしちゃうから大変。
ケースに一匹ずつマジックで名前をかいた。
きょうぼう、ちびザリ、右手、アメリカ、
親分、マメザリ、・・・

ばあばの誕生日プレゼントは、いつも本。
ザリガニの本もいっぱいになった。
ぼくの夏休みの感想文は、いつもザリガニ。
高学年になったぼくは、友だちのトムくんにも
「ザリガニ名人」って言われるようになった。
なんたって百匹以上つかまえたからね。

名人とは？

ばあばの今年のリクエストは、三十匹。
「一週間で用意してほしいんだ」
「よし、わかった。まかせてよ」
ぼくの作戦は、夜まで待って出かけるんだ。
必須アイテムは、懐中電灯とあみだ。
バスケ部の練習から帰ってきて
夜のザリガニつりだ。
夕ご飯のあと、ぼくとばあばとみこは、
ふたつの懐中電灯の光でザリガニをさがした。
せせらぎのまん中あたりには、小さなザリがたくさんいる。
川の底の色とおんなじだから安心しているのかもしれない。
みこが小さなあみで次々にすくえた。
うれしそうだった。

保育園のころは、ザリガニがつかまえられなくて、
ばあばとシロツメクサをつんでかんむりをつくったり、
オオバコずもうをしたりして遊んでいた。
「つまんないあい。早くかえろう」
が口ぐせだった。
かわいそうだから僕がつかまえたザリガニを
あみの中から取り出すかかりにしてあげた。
だからみこはさわることができるようになったんだ。
でも今では、ちびザリだけでなく中くらいのザリも
つかまえられるようになった。

ばあばが大学にもっていく少し前の夜、
ぼくたちは最後のちょうせんに出発した。
街灯の明かりがさしているところは、もうみんながとりつくして

大きなザリガニはいなくなっていた。
でもぼくは、本を見てすあなのようすをちゃんとおぼえてる。
ライトで土手のへりをてらすと
すあなの入口でザリガニの目が光っていた。
するめをたらしておくと触角をぷるぷるふるわせて
はさみをのばしてくる。
だいたい一発でつりあげに成功。
いろいろな場所にえさをたらして、ようすを見る。
「いたぞ！みこ、あみをもってこい」
「いばりんぼうのおにいちゃんね。
　はいはい。今行きますよ」
「よし、ゲット！（どんなもんだい！）」
ばあばと三十分のやくそくで五匹つかまえた。
ぼくが三匹、みこが二匹。

みこは大喜びしてた。
でもこの間からずっとつかまえられないザリがいた。
するめを片手のはさみでつかむんだけど
あとちょっとのところで逃げられてしまう。
「くそっ。もうちょっとなのに」
ばあばにたのんで延長戦にしてもらったけどもう夜も遅い。
帰らなくちゃならなかった。
この大きなザリガニは、かしこいんだ。
「アメリカ」と名付けた。
なんども危ない目にあっているから
そうかんたんにはつかまらないんだ。
「ほんとにあとちょっとだったんだよ」

ばあばからひとこと

なみだ目でうったえるそうしと「アメリカ」との攻防は、
その後、三日にもわたってくりひろげられた。
すばらしいたたかいだった。
あとちょっとのところで逃げられてしまうくやしさ。
でもそうしは工夫して、とうとう「アメリカ」をつりあげた。
　ばあばは、大学生たちにその話を伝えた。
「アメリカ」は、片手のザリガニだった。
大きくて真っ赤なはさみとこうらをもつりっぱな親分だった。
他の子どもたちがつることができなかったザリガニ。
どちらもがんばった。

だっぴ

ザリくん　ザリくん　どうしたの
ねむっているのか動かない
ザリくんがそうっとこうらをぬいでいる
片手のザリくんに新しいはさみが生えてきた
ザリザリザリザリ　こうらをぬいで
ザリザリザリザリ　どんどん大きく大きく
なっていく
ザリくんは　だっぴをしているんだね
ぴかぴかのはさみが出てきたよ
前に飛び出している大きな目
ザリくんはだっぴをして大きくなるんだね
足もどんどんはやくなる
心もどんどん大きくなる

大学生たちからお手紙が届いたよ。
「はじめまして。大学生のわたなべです。
先日、そうちゃん、みこちゃんがつかまえてきてくれた
ザリガニを見ました。ぼくは今年二十さいなので、じつに
十五年ぶりにザリガニを見ました。とてもとても感動しました。
これからも毎年とりまくって、二十年後にＴＶで拝見できることを
心より願っています。ありがとうございました。」

ばあばに授業の写真も見せてもらったよ。

ザリガニのお勉強が終わった日、
ぼくとばあばとみこでせせらぎに返しに行った。
ザリ君たち、ありがとう。
東京の大学で先生になる勉強をしているお兄さんやお姉さんたちも

ザリ君たちといっぱいあそべてよかったね。

おこりんぼのザリ君がおこりすぎてひっくり返るポーズが人気だったよ。

背中を丸めて後ろににげていくすがたは、忍者みたいだったって。

エピローグ

ぼくとばあばはいっぱいけんかした。

「毎日勉強しよう。少しでいいから」

っていうけど、ぼくは勉強が大きらい。

ぬいだ服をだしっぱなしにしていると
ばあばは、なんどもなんどもしつこいんだ。

「うるさいなあ」

っていうと、おせっきょうがはじまる。

これが長いんだ。

けんかして最後にいつも泣くのは、ぼく。
ばあばは、最強だよ。

おこったばあばは、いつもかならず
「もう帰るよ」
っていう。
そうするとみこが玄関まで追いかけて行って
「ばあば、帰んないで」
って泣いてさ。
こわがりのぼくたちは、まだ二人で留守番ができない。
暗い階段をのぼって二階までパジャマを取りに行けない。
でもばあばの気持ちはわかってるよ。
大地震が来た時のために
ばあばはいてくれるんだよね。
停電のときは、ろうそくをつけて過ごしたね。

ママのかわりにめんどうみてくれるんだね。

ぼくは来年、中学生になる。
ばあばのザリガニの授業も終わりだって。
部活は、英語部に入る予定。
ロンドンに住んでいるママの弟のこうちゃんが
けっこんしきをやるからみんなで行くんだ。
それまでに英語でお話できるようになりたいからさ。
妹のみこは、一人で電車に乗ってバレエに通っているよ。
毎日鏡をみながらおだんごゆって
つんつんしながら歩いていくよ。
ぼくたちは、もうあまりいっしょに遊ばなくなっちゃったけど、
ばあばが来る日には、ベーコン入りのたまごやきをつくってもらうんだ。
ぼくが四切れ、みこが二切れ食べる。
ぼくは、バスケットボールが大好きになった。

庭にゴールをつくってもらったからそこで一人練習をしているよ。
でもばあばとのザリガニつりはわすれない。
また時々せせらぎをのぞくよ。
元気の出る歌を歌いながらね。

ぼくらはザリガニ

ぼくらはザリガニ　げんきだよ
しょっかくピンとのばしてる
何でもみたいよ　知りたいよ
すてきなことを見つけるよ
ぼくらのひげはアンテナさ

ぼくらはザリガニ　やる気だよ

ビー玉の目で見つけるよ
何でもみたいよ　知りたいよ
すてきなことを見つけるよ
ぼくらの目玉は　まほうの目

自分の足で　いろんなところへ
自分のからだで　いろんな人を
さがしてみよう　声をかけよう
ときどきはさみをふりあげて　オー！
ぼくらはザリガニ　みんなもザリガニ
みんななかまだ　力をあわせて進もうよ
ヘイ！　フレーフレー　ザリガニ
フレフレ　ザリガニ　フレフレ　そう・みこ！

あとがき

二〇一〇年に自分史を書いたのだが、出版は叶わなかった。その間に、大学時代のサークル活動の記録をまとめ、二〇一八年の暮れに『寒川セツルメント史―千葉における戦後学生セツルメント運動』（本の泉社）を出版することができた。大変な作業だったが、出版プロジェクトのメンバーと一緒に本ができた喜びは、何物にも代えがたかった。

少し休んで元気を回復した昨年、コロナ禍で家にいる時間を利用して更に十年分の出来事を書き加えた自分史と、孫達とのザリガニ釣りを構成した絵本のストーリーを出版コンテストの二部門に応募した。残念ながら両方の賞金二百万円は夢と消えてしまったが、出版社の講評と出版の勧めに気を良くして、この本に取り掛かったのだった。

そして先の出版でお世話になった本の泉社の川上さんが「自分史は売れないから画業の部分をもっと書いたら」とアドバイスしてくださったお蔭でこの本ができた。川上さんは三月で退職されたので、何とか間に合わせたかったのだが―。そして後を引き継いだ角谷さんにも励まして頂きながらこの本の出版にたどり着くことができた。

この本には、私の画業の部分「悠久の詩」と自分史の部分「遥かなる旅」が混在している。年代も内容も父母の時代からつい最近の出来事まで多岐にわたっている。

十年前には、結婚にまつわるエピソード、三人の子育て、自分の両親の話などを書いてあったのだが、十年の時を経て、家族の構成も変わり、私達も様々な経験をしてきた。

本職である教育者としての内容は、今回盛り込んでいない。しかし、昨年から自分の仕事は画家であると宣言したので、画業のことは、かなり書き加えた。

私の絵のテーマである「悠久の詩—Ａｎｅｖｅｒｌａｓｔｉｎｇｐｏｅｍ」のホームページを長男が作ってくれ、海外の人たちにも見て頂けるようになった。

卒業の前日に結婚した時の文集の題名『遥かなる旅』は大切な自分探しのテーマである。

私達の歩みは、先祖から未来の子孫に続く果てしない旅である。スムーズにはいかないが、これからも味のある旅を続けていきたいと思っている。

いつも私を応援してくれた父母は、もういない。出版にかかるすべてのことを長男と、『寒川セツルメント史』の制作でも多大な貢献をしてくれた優秀な出版プロジェクトの仲間である掛本喜嗣氏が担当してくれたお蔭でこの本が完成したことを喜びたい。

また最近、歌声ゴリの司会者である梢あぐりさんの紹介でネットラジオの番組「ホンマルラジオ美遊空間・四国」にゲスト出演する機会を得た。三十分番組で思いの丈を語るには時間が足りないということで、三回もの出演となったのだ。それをきっかけに私もこの四月から毎月一回のレギュラー番組を担当することになった。ネットラジオとは、ユーチューブと同様オンエアされた番組をいつでも何回でも聴くことができる。主宰者のちよ媛さんは、困難な時代をパワフルに切り開いていく元気の塊のような方である。私もその元気に押され、これから自分の表現世界を広く発信していきたいと考えている。

また九章の絵本のストーリーに登場する曲『ザリ君の目はビー玉』は、一緒に働いていた素晴らしいピアニスト原田恵子先生に作曲してもらった創作組曲である。子ども達のつぶやきから発想したものであり、二十年以上前のものとは思えない普遍的な内容を持っている。大学の授業でも毎年紹介し、楽しく歌ってきた曲なので、絵本の話の中に散りばめたのだった。

この本を書きながら私や家族がお世話になってきた皆さんの顔が次々と浮かんできた。皆さんの励ましや応援を背に頑張ってくることができたのだ。そして、書ききれないほどたくさんの方々のお蔭が詰まっているまさしくてんこ盛りの一冊になった。

お世話になったすべての皆さんに心から感謝の気持ちを込めてこの本を贈りたい。

二〇二一年五月吉日

山本　なぎさ

山本　なぎさ

1952 年　　群馬県水上町に生まれる
1975 年　　千葉大学教育学部卒業
2003 年　　千葉大学大学院修了
1977 年～　千葉市内の小学校教員を経て
2010 年～　有明教育芸術短大子ども教育学科非常勤講師

画歴（sanae YAMAZAKI）

陽画会会員（松澤茂雄師に師事）
新構造社社員（会員）・平成美術会会員

共著

『寒川セツルメント史‐千葉県における学生セツルメント運動』
（本の泉社）

悠久の詩　遥かなる旅

2021 年 5 月 19 日　第 1 版発行
著　者　山本　なぎさ
発行者　新舩　海三郎
発行所　株式会社 本の泉社
〒113‐0033 東京都文京区本郷 2‐25‐6
tel : 03-5800-8494　fax : 03-5800-5353
表紙デザイン：KO YAMAZAKI
本文 DTP：掛本喜嗣
印刷・製本：大村紙業株式会社
